NÄR HAVET FÖRÄNDRADE ALLT

Jenny Nirs

NÄR HAVET
FÖRÄNDRADE ALLT

Min resa genom katastrofen

Förlag: BoD · Books on Demand, Stockholm, Sverige
Tryck: Libri Plureos GmbH, Hamburg, Tyskland

ISBN: 978-91-8080-184-3

ETT

Mina händer darrade lätt när jag lyfte telefonen och tittade på det blinkande Messenger-samtalet. Jag hade väntat på detta ögonblick sedan Chamali, oväntat, skickat en vänförfrågan på Facebook några dagar tidigare. Våra korta, artiga meddelanden hade varit fyllda av försiktighet, men varje gång jag såg skärmen blinka med ett nytt meddelande, kändes det som om tiden stod stilla. Som om en spricka öppnats i det lager av tystnad och glömska där jag hade stängt in mina minnen av Chamali och Sri Lanka, bara för att inte behöva känna.

Hjärtat slog tungt, nästan smärtsamt, och en storm av känslor svepte över mig. Skulle jag svara? Hur talar man med någon man inte pratat med på nästan 20 år? Jag visste inte ens om jag skulle kunna möta den vänskap som en gång betytt så mycket.

Efter att jag återvänt till Sverige hade jag gjort allt för att undvika att leta upp Chamali. Det var som om ett återseende med henne skulle öppna de sår jag kämpat för att läka. Minnena från Sri Lanka låg djupt begravda, gömda i svåråtkomliga skrymslen av mitt inre. Skyddade, men alltid närvarande.

Och nu, med det blinkande samtalet framför mig, fanns ingen återvändo. Skärmen blev en påträngande spegel av allt jag försökt hålla på avstånd – minnet av dem som inte överlevde, av stunderna av ren skräck, och av den märkliga tröst jag en gång funnit hos Chamali och hennes familj.

En ensam tår rullade nerför kinden. Jag torkade bestämt bort den. Fingrarna svävade osäkert över skärmen innan jag till slut, med en tung suck, tryckte på knappen för att svara.

2004-12-13
Skärhamn, Sverige

Det var tidigt på Luciaaftons morgon, och himlen över det lilla kustsamhället Skärhamn låg tung och mörk, som om natten vägrade ge vika för den gryende dagen. Kylan bet i kinderna och vinden svepte från havet och genom de tomma gatorna, som en påminnelse om den svenska vintern som vi snart skulle lämna bakom oss. Jag drog huttrande tröjan tätare omkring mig. Jag frös trots att jag bar dubbla tjocktröjor. För trots att vintern hade lagt sitt grepp om Sverige hade jag bara på mig tunna linnebyxor ovanpå ett par strumpbyxor, lätta och bekväma nog för den värme vi snart skulle nå – men långt ifrån tillräckliga för den bistra svenska vintern.

Vi reste lätt, nästan för lätt med tanke på att vi skulle korsa halva jordklotet och vara borta i drygt en månad. Fyra backpackryggsäckar, inget mer. Jag sneglade på ryggsäckarna som stod uppradade längs med husväggen bredvid busshållplatsen och kände en blandning av förväntan och osäkerhet. Resan som väntade kändes som ett enormt äventyr, men också overkligt. Här stod vi på torget hemma i det välbekanta Skärhamn, omgivna av de stilla, nattmörka gatorna, men inom något dygn skulle vi byta ut snön mot tropisk hetta. Ändå kändes den värmen så avlägsen.

Runt omkring oss låg torget insvept i nattens skuggor. Jag skymtade havets vågor mellan några byggnader, och gatlampornas bleka ljusstrimmor föll över marken, men annars var allt stilla. Inga bilar körde förbi, och inte en enda människa syntes till. Det var bara vi – jag, min familj – redo att lämna mörkret och vintern för något helt annat.

"Frågan är om vi ens kommer till värmen med så lite packning," muttrade pappa Janne, med händerna djupt nedkörda i jackfickorna. Han granskade sin lätt packade ryggsäck och skakade på huvudet.

"Det löser sig," svarade mamma Karin med ett litet leende. "Vi ska ju ändå köpa det mesta där."

Min bror, Olof, stampade rastlöst med fötterna mot den kalla marken. Hans kinder var redan röda av kylan, men han verkade lika ivrig som vi andra. Jag sneglade på honom och såg hur han med en nästan besatt blick kollade ner på sin ficka där hans nya iPod låg. Vi hade båda fått varsin iPod som tidig julklapp, och de var redan fyllda till bristningsgränsen med musik inför den långa flygresan. Tekniken kändes som något magiskt, något som skulle göra hela resan ännu mer spännande.

"När kommer bussen?" frågade Olof otåligt.

"Den är på väg," svarade mamma med en eftertänksam suck och kastade en blick ner längs den mörka vägen. Och där borta mellan husen såg vi bussens ljus skymta genom den disiga morgondimman.

Vi steg på den första bussen som skulle ta oss till Göteborg och Nils Ericson-terminalen. Ryggsäckarna dunsade in i bagageutrymmet, och vi sjönk ner på de slitna sätena. Fönstren började snabbt imma igen av våra andedräkter, och jag lutade huvudet mot den kalla rutan. Utanför började mörkret långsamt vika undan för gryningen, men det var en kall, blåaktig gryning som knappt kunde skiljas från natten.

Bussen susade fram genom den tysta landsbygden, och det enda ljudet som hördes var det dova brummandet från motorn. Jag satt tyst, förlorad i mina egna tankar, och kände hur resan redan hade börjat, även om vi fortfarande var på svensk mark.

Nils Ericson-terminalen, som vanligtvis brukade vara full av resenärer som rusade fram och tillbaka mellan plattformarna, låg nu öde i den tidiga morgontimmen. Endast några få trötta resenärer gick sömnigt mot sina destinationer, med resväskorna rullande bakom sig. Det var märkligt att se terminalen så stilla, så tyst. Trots att det var luciamorgon och julpyntet hängde prydligt överallt, kändes platsen som en tom scen innan pjäsen skulle börja.

Vi rörde oss tyst genom den stora salen. Olof var i sitt eget lilla universum, rastlöst kramande sin nya iPod i fickan, medan pappa och mamma gick lugnt bakom honom, bärande på sina ryggsäckar.

Jag kastade en snabb blick uppåt och stannade till när jag såg något bekant. I taket hängde stora bilder av årets luciakandidater, och där, mitt bland dem, såg jag ett ansikte jag kände igen. En av bilderna visade Emelie, en tidigare skolkamrat från högstadiet. Hon log från sin plats på affischen, insvept i sin vita luciaklänning med tända ljus i håret. Jag stannade till, en aning förvånad.

Det var något märkligt med att se Emelie där, mitt i julfirandet, medan jag själv var på väg bort, långt från snö och luciakronor. Jag kände ett sting av avundsjuka blandat med beundran över flickan i taket.

"Är inte det Emelie?" frågade mamma och tittade upp mot taket hon också.

Jag nickade med ett litet leende. "Ja, det är hon. Vad häftigt!" svarade jag, fortfarande lite förvånad över att se min gamla klasskamrat där, hängandes i taket mitt i centralstationen.

"Vad fin hon är," utropade mamma. "Är det hon som är årets lucia?" Jag ryckte lite på axlarna, visste inte. Min egen röst skulle aldrig göra mig till någon luciakandidat, men det hade ju varit roligt att kunna ta några toner, tänkte jag medan jag följde efter resten av familjen genom den tomma centralen.

Vi rörde oss vidare mot nästa buss, och den kalla luften byttes snart ut mot värmen inne i bussen på väg mot Landvetter flygplats.

Väl framme på Landvetter gjorde vi oss redo för den första delen av resan. Efter att ha passerat säkerhetskontrollen steg vi ombord på vårt första flyg, ett litet propellerplan som skulle ta oss till Prag. Jag hade föreställt mig ett större plan, ett av de stora jetplanen som stod parkerade utanför. Istället möttes vi av ett flyg som nästan såg ut som en leksak, med små, trånga säten och propellrar som surrade tungt utanför. En blandning av spänning och osäkerhet fyllde mig när jag steg ombord.

När vi satte oss till rätta och spände fast säkerhetsbältena, övergick osäkerheten snabbt till en pirrande förväntan. Trots den där lilla gnagande nervositeten var detta ett riktigt äventyr, och äventyret hade bara börjat.

Fler passagerare gick ombord, och planet började kännas trångt. Ett helt basketlag fyllde flera av sätena, och de långa spelarna kämpade för att klämma in sina ben och armar i det lilla utrymmet. En av spelarna, som satt tvärs över gången från mig, hade knäna nästan upp till bröstet och en blandning av frustration och uppgivenhet skrivet i ansiktet.

"Det här planet är inte byggt för oss," muttrade han till sin lagkamrat, som nickade instämmande medan han också försökte pressa in sina långa ben i det trånga utrymmet.

Jag fnissade åt synen och täckte snabbt munnen med handen. Det var ofrivilligt komiskt att se dem kämpa för att få plats.

"Ibland är det skönt att vara kort," viskade Olof, och jag kunde inte hålla mig för skratt. Vi delade en snabb blick och fnissade bakom händerna medan planet började rulla ut på startbanan. Trots att det lilla propellerplanet var trångt och obekvämt fanns det något charmigt med hela situationen. Det var en del av resan, en del av äventyret.

När planet landade i Prag möttes vi av något som var långt ifrån den värme jag hade längtat efter. Istället slog en bitande kall vind emot oss när vi klev av flyget. Luften kändes om möjligt ännu kallare än hemma i Sverige, och snön föll i täta, virvlande flingor. En oväntad snöstorm hade dragit in över staden, och jag huttrade när vi steg ut i den iskalla luften och försökte dra tröjan tätare omkring mig.

"Det här var ju inte riktigt planen," sa mamma och skrattade lite åt det ironiska i situationen. Vi hade lämnat Sverige i jakt på värme, men här stod vi, mitt i en kall tjeckisk snöstorm.

Olof skakade på huvudet och log. "Tur att vi snart är på Sri Lanka," sa han med en röst fylld av förväntan.

Vi tog oss snabbt in på flygplatsen för att undvika den virvlande snön, men känslan av att vara fast i ett slags limbo – på väg mot värme men ännu fångade i kylan – gjorde sig påmind.

"Snart och snart." muttrade jag surt.

Vi skulle behöva stanna en natt i Prag innan vi kunde resa vidare. Pappa hade i förväg bokat in oss på ett enkelt hotell nära flygplatsen. Hotellet var slitet och spartanskt, med en dov belysning som gjorde att hela platsen kändes gammal och trött. Jag drog om möjligt tröjan ännu tätare omkring mig och försökte föreställa den tropiska värmen som snart skulle omfamna oss, men det var svårt att tänka sig bort från vintern som rasade utanför fönstret.

Rummet vi tilldelats var enkelt möblerat med två hårda sängar, en bäddsoffa och ett litet skrivbord. Fönstret immade snabbt igen från våra andedräkter, och luften kändes rå och fuktig. Vi la oss på sängarna, klädda i samma tjocktröjor vi haft på oss hela dagen, och drömde oss redan bort till varmare breddgrader.

"Vad tycker ni om vårt tropiska äventyr hittills?" skämtade pappa när han kröp ner under täcket och försökte värma sina frusna händer.

"Mmm, snart så är vi där," svarade mamma lugnt, med sin ständigt lugnande ton. "Vad säger ni om att gå och äta en bit mat?" frågade hon strax därpå. "Nej, fy! Jag vill verkligen inte gå ut i det här vädret." svarade jag.

"Jag tyckte att jag såg en McDonalds skylt precis utanför och något måste vi ju äta." trugade mamma och jag gav långsamt efter.

Trots vinterstormen och det slitna hotellet fanns där ändå ett gnistrande hopp inom oss alla, ett hopp om solen och värmen som väntade på oss. Jag slöt ögonen och försökte föreställa mig hur det skulle kännas att kliva ut på en varm strand, känna solen smeka min hud och lämna all denna kyla bakom mig.

TVÅ

Skärmen tonade upp och där, plötsligt, framträdde en kvinna. Bekant, men ändå så främmande. Nästan tjugo år hade gått sedan vi senast hörde varandras röster. Tjugo år av tystnad och undanträngda minnen. Vi satt tysta en stund, stirrade på varandra genom skärmens kalla lins. Tiden hade suddat ut detaljerna, ersatt dem med skuggor av det som en gång var, men ändå kände jag en svag, innerlig igenkänning.

Chamali såg äldre ut nu. Hennes ansikte, som tidigare varit mjukt och fyllt av ungdomens glöd, hade fått skarpare linjer. Kinderna var en aning insjunkna, och hennes panna bar smala rynkor, ett resultat av både tidens gång och kanske allt hon måste ha gått igenom. Men det var inte bara åren som syntes – något annat hade också förändrat henne. Hennes mörka, nästan svarta ögon hade fortfarande samma intensitet, men det fanns en tyngd där nu, något jag inte kunde sätta fingret på men som var uppenbart. Blicken var fast och självsäker, som om varje rörelse bar en avsikt, ett beslut fattat i förväg.

Håret, som tidigare brukade hänga löst över axlarna i vågor, var nu stramt uppsatt i en knut bak på huvudet. En silverstrimma glittrade i det annars kolsvarta håret, ett tydligt tecken på åren som passerat, men det gav henne en viss dignitet. Ögonbrynen, kraftiga och mörka, framhävde hennes uttryck ännu mer – en blandning av beslutsamhet och värme.

Hon bar en enkel vit skjorta, stram och proper, som satt perfekt över hennes smala axlar. Hennes hållning var rak, nästan imponerande stolt, och hon utstrålade en professionalism som jag inte hade kunnat föreställa mig.

Men det var ändå hennes leende som fångade mig mest. Trots alla förändringar, trots alla tecken på tidens gång och livets påfrestningar, var det samma leende som för tjugo år sedan. Det var varmt, brett och fyllde hela hennes ansikte, från ögonen ner till mungiporna. Det var ett leende som nästan förde mig tillbaka till tiden för tjugo år sedan.

2004-12-15

Bandaranaike International Airport, Sri Lanka

Solen brände som en gyllene skiva högt på himlen när jag kände flygplanet ta mark på Bandaranaike International Airport. Ett intensivt, varmt ljus strömmade in genom fönstren, kastade skuggor över passagerarnas ansikten och fick hela kabinen att vibrera av liv. Förväntan svallade i bröstet på mig i samma ögonblick som planet bromsade in.

"Vi är framme!" utbrast Olof med ett brett leende och försökte pressa sig mot fönstret för att se bättre. Jag knuffade honom lätt. "Flytta på dig, jag vill också se."

16

Mammas förmanande röst hördes direkt. "Nu är du snäll mot din lillebror. På den här resan ska vi inte bråka. Vi ska bara ha roligt och njuta av sol, värme och bad."

"Och lära oss surfa!" fyllde pappa Janne i. Både jag och Olof himlade med ögonen och skrattade åt hans nya hobby, som han aldrig ens hade provat förut.

"Safari!" utropade Olof entusiastiskt.

"Och prova alla teer de är så kända för," fortsatte mamma, alltid lika fascinerad av mat och dryck från nya kulturer.

"Du kan dricka te medan jag snorklar," svarade jag och lät blicken glida ut över landskapet som såg så annorlunda ut än hemma i Skärhamn. Allt här verkade vibrera av färger, dofter och hetta.

När vi steg av planet och klev ut på landgången slog en osynlig vägg av fuktig hetta emot oss. Varje andetag kändes klibbigt och tungt innan vi kom in i flygplatsens svala ankomsthall. Bandaranaike International Airport var en port till en annan värld — där det tropiska klimatet och den lankesiska gästfriheten genast gjorde sig påminda.

Julpynt var upphängt överallt; plastiga girlanger och kulor i alla världens färger skapade en surrealistisk kontrast till den varma, fuktiga luften och de lummiga palmerna utanför. För mig kändes det nästan komiskt — julstämning i tropikerna.

Inne på flygplatsen myllrade det av människor från alla möjliga hörn av världen. Skyltar på singalesiska och engelska kantade vägen genom passkontrollen och vidare mot den livliga bagageutlämningen. Jag drogs till synen av de färgstarka sarongerna och doften av blomstergirlanger som såldes av leende försäljare längs gångarna. Det här var Sri Lanka — olikt allt jag tidigare sett.

Flygplatser har en speciell energi. Folk på väg, spända och förväntansfulla eller stressade, i rörelse mot något nytt. Jag kunde inte se en enda svensk bland alla resenärer, vilket fick mig att känna mig lite speciell, som om vi hade ett eget, hemligt språk här.

Mamma Karin gick och småpratade för sig själv när hon försökte översätta skyltarna för att hitta rätt, vilket fick mig att småskratta. Det var tur att skyltarna också var översatta till engelska.

När vi äntligen kom fram till rätt bagageband hade väskorna ännu inte börjat rulla. "Det är väl typiskt om bagaget inte kommer fram," muttrade pappa Janne.

"Det fastnade säkert i snöstormen i Prag," sa Olof med ett skratt och knuffade mig i sidan. Jag huttrade till vid tanken på kylan vi lämnat, men kände snabbt hur den heta luften här höll mig kvar i stunden.

Då började bagagebandet rulla. "Där är våra ryggsäckar!" ropade mamma och skyndade sig fram för att lyfta av dem. Fyra ryggsäckar senare var vi klara och gick mot flygplatsens utgång, redo för äventyret som väntade utanför.

När vi steg ut från flygplatsens svala inomhusluft, kändes det återigen som att kliva rakt in i en vägg av hetta. Luften var tät och fuktig, och jag kunde känna den klibbiga värmen omedelbart. Det kändes nästan tungt att andas så varmt som det var. Inte alls den härliga värmen som jag föreställt mig. Mamma skrattade lite åt mig och sträckte mig en flaska vatten som hon köpt i en av butikerna inne på flygplatsen. Jag tog tacksamt några djupa klunkar av den iskalla vätskan.

Utanför portarna stod gula taxibilar uppradade i långa rader, och taxichaufförerna ropade och vinkade för att fånga turisternas uppmärksamhet. Jag kände ett pirr av förväntan över att få börja utforska det här landet, som redan nu kändes så annorlunda från allt jag var van vid.

Vi packade in oss i en taxi som skulle ta oss mot Colombo, Sri Lankas huvudstad. Janne satt i framsätet och pratade oavbrutet med chauffören, en smal man som presenterade sig som Kumar. Han svarade entusiastiskt på alla frågor om lokala sevärdheter och de bästa platserna för surfing, samtidigt som han manövrerade bilen med imponerande skicklighet genom den kaotiska trafiken. Gatorna var fulla av liv; bilar och bussar trängdes med mopeder och färgglada tuk-tuks som sicksackade sig fram utan synbar ordning.

Då och då kastade pappa en snabb blick på kartan han hade i knäet och muttrade något för sig själv. "Jag tror att han tagit en omväg för att tjäna extra pengar på oss," sa han över axeln till oss andra i baksätet.

"Men hur vet du det? Du hittar ju inte ens här!" svarade Olof roat.

"Just därför," mumlade pappa, tydligt irriterad, vilket fick mamma att kväva ett skratt.

"Titta vad många spännande kryddor!" utropade hon plötsligt och såg sig förväntansfullt omkring. Hennes ögon glittrade av nyfikenhet när hon följde de många färgglada krydd- och fruktstånden längs vägen.

Colombo omslöt oss i ett virvlande myller av liv och färger. Gatorna pulserade av energi, fyllda med en oavbruten ström av rörelse, ljud och dofter. Handlare stod bakom sina små stånd, staplade med kryddor, färska frukter och handgjorda smycken, och ropade ut sina erbjudanden till både lokalbefolkning och turister. Det var som om allt på gatan hade ett eget liv, en egen rytm – en kaotisk men samtidigt perfekt organiserad dans.

Medan vi åkte längs de smala gatorna förklarade Kumar, med stolthet i rösten, att Colombo är en stad som aldrig sover. Han pekade ut landmärken och historiska platser längs vägen, ivrig att visa oss sitt land. Min blick vandrade mellan allt det nya omkring oss: frukt- och kryddstånd, blinkande neonskyltar, getter och kossor som rörde sig fritt mitt i allt kaos, och mängden människor som verkade finnas överallt. Vart jag än tittade såg jag något nytt och jag hade svårt att ta in alla intryck på en gång.

Vägen saknade övergångsställen, och jag såg ingen som följde några egentliga trafikregler. Kumar styrde med ett lugn och en vana som om kaoset runt honom var det mest naturliga i världen. Jag lutade mig tillbaka och försökte ta in alla detaljer, varje ljud och varje doft, för jag visste att detta ögonblick skulle stanna med mig länge.

TRE

Jag stirrade på skärmen medan minnena svepte över mig, som en våg som dragit sig tillbaka för att nu slå till igen med full kraft. Trycket över bröstet var detsamma som den där dagen när allt började. Det kändes som att hela världen hade stannat upp i en kuslig stillhet. Jag mindes det där ögonblicket, tystnaden innan stormen, ett hotfullt lugn som gjorde mig alldeles kall inombords. Sedan, på bara ett ögonblick, förändrades allt.

Chamalis leende på skärmen bleknade bort när minnet tog över – jag såg mig själv, stående på busstaket, skrikande, kippande efter andan, medan vattenmassorna svepte bort allt och alla omkring mig. Jag kan fortfarande höra skriken efteråt, skrik som aldrig kommer lämna mig, från människor som förlorade allt – sina hem, sina älskade, sina liv.

Jag skakade på huvudet, som om jag kunde skaka av mig minnena som klamrade sig fast vid mig. Jag var hemma nu, tillbaka i tryggheten i mitt eget hem, men vågen av känslor var densamma som då. Paniken, sorgen, skulden – allt vällde upp inom mig, lika överväldigande som då. Jag överlevde, men så många gjorde det inte.

I bakgrunden hörde jag barnens glada skratt, deras lek fyllde rummet och skapade en surrealistisk kontrast till den inre storm jag genomlevde. Jag visste att det fanns saker jag inte kunde dela med dem – minnen som var för tunga, för mörka att föra vidare. Och nu, med Chamali framför mig på skärmen, kom allt tillbaka, med en kraft jag inte hade väntat mig.

Skulden sköt upp till ytan igen. Jag kände orättvisan i att jag hade fått leva, att jag hade fått komma hem och få uppleva mitt liv, mina barn, medan andra förlorade allt. Jag visste att det inte fanns någon logik, inget svar på varför vissa överlevde och andra inte. Jag tog ett djupt andetag. Jag ville vara stark, leva i nuet, men den där dagen hade satt sina spår på ett sätt som aldrig riktigt skulle blekna.

Med ytterligare ett djupt andetag försökte jag återvända till verkligheten, tillbaka till Chamali som satt där på andra sidan skärmen och log. Vi hade överlevt, både hon och jag, och trots alla år av tystnad hade vi hittat tillbaka till varandra.

2004-12-15
Colombo, Sri Lanka

Taxin stannade framför ett stort hotell vid havet, och vi klev ur, lite stappliga efter den långa resan. Havsbrisen svepte över oss, och jag kände genast hur fukten och värmen från den tropiska luften omfamnade min kropp.

"Det kostade ju knappt någonting," sa pappa nöjt och stängde taxidörren efter att ha betalat chauffören. Hans nöjda leende försvann snabbt när han vände sig om och fick syn på hotellet. "Men det här kostar desto mer," muttrade han och granskade den stora byggnaden framför oss.

Hotellet var verkligen imponerande, en vitputsad byggnad i engelsk kolonialstil med stora pelare och eleganta fönster. Entrén var prydd med palmer och växter som nästan såg överdådiga ut mot den vita fasaden. En lång rad lyktor ledde fram till de massiva dubbeldörrarna, och man kunde ana en historisk charm, som om byggnaden hade sitt eget förflutna att berätta om.

"Jag förstår inte varför vi skulle boka det här," fortsatte pappa med sin sedvanliga skeptiska ton, men hans ord verkade studsa mot den tomma luften.

"Det är väl skönt att ha boendet klart, i alla fall första natten," svarade mamma med ett nöjt leende och rörde sig självsäkert mot ingången, som om hon hade gjort det här tusen gånger. Personalen skyndade ut för att möta oss, och två unga män i hotelluniform tog hand om våra ryggsäckar med en finess som nästan kändes som en del av upplevelsen.

När vi kom in i receptionen möttes vi av ett otroligt vackert rum med högt tak, där kristallkronor hängde och kastade sitt glittrande ljus över det schackrutiga marmorgolvet. Receptionisten, en elegant kvinna med ett bländande leende, välkomnade oss med en liten bugning. Hon berättade om hotellets faciliteter, och med en smidighet som vittnade om erfarenhet delade hon ut rumsnycklar och pekade oss i riktning mot våra rum.

"Wow! Kom och kolla!" ropade jag ivrigt när jag gick genom receptionen och ut på den stora terrassen på baksidan av hotellet. Jag stannade till och sög in vyerna omkring mig. Utsikten var häpnadsväckande. Från den höga altanen såg jag ut över den oändliga Indiska oceanen, vars vågor rullade in mot klipporna nedanför i ett ständigt, lugnt mönster.

En svalkande havsbris svepte in, och jag kände hur tröttheten från resan försvann. Upphetsningen över att äntligen vara här, i ett tropiskt palats, fyllde mig med en energi jag knappt hade känt under den långa resan.

"Coolt," sa Olof, som plötsligt dök upp vid min sida. Hans ansikte glittrade av nyfikenhet och glädje. "Men vart kan man bada?" Han torkade svetten från pannan med baksidan av handen, och jag skrattade.

"Kom nu, så bär vi upp ryggsäckarna på rummen, så kan vi bada sen!" ropade mamma glatt och började gå mot den stora, svängda trappan bredvid receptionen. Hennes lätta steg ekade på det marmorerade golvet, och vi följde efter.

Pappa skakade leende på huvudet. "Ni två får dela rum," sa han till mig och Olof och räckte över en stor, tung nyckelring i trä med rumsnummer och hotellets logotyp ingraverad, som var fäst vid en rejäl nyckel. Olof tog den och skyndade uppför trappan. "Jag paxar fönsterplatsen!" ropade jag efter honom när han försvann uppför trappan.

När jag kom in i rummet såg jag att Olof faktiskt hade lämnat sängen närmast fönstret åt mig. Jag la min ryggsäck på den breda, vita sängen och såg ut genom fönstret. Utsikten från vårt rum var nästan lika fantastisk som från terrassen – havet låg som en blå duk framför oss. Olof hade redan bytt om till sina badbyxor och kom ut från badrummet med ett stort leende på läpparna. "Nu badar vi!"

"Du kan gå i förväg," svarade jag och började rota runt i min ryggsäck efter badkläder. Jag bytte snabbt om till bikini och drog på mig en gul bomullsklänning och matchande flipflops.

Efter att ha låst rummet gick jag nedför den pampiga trappan mot receptionen igen där mamma stod och väntade på mig. "Pappa och Olof gick hitåt," sa hon och pekade mot hotellets trädgård. "Jag tror att det finns en badplats där borta."

Vi följde en stenlagd gång genom hotellets prunkande trädgård. Vägen kantades av välklippta buskar och exotiska blommor i alla möjliga färger. Jag njöt av värmen mot huden och kände hur luften var fylld av dofter som var både nya och välkomnande.

Efter en kort promenad kom vi till en öppning i den stenmur som omslöt hotellets egendom. Där, vid klippkanten, ledde en stentrappa ner till en liten, avskild strand. När vi närmade oss brast jag ut i ett gapskratt. "Ta fram kameran, mamma!"

Mamma öppnade den lilla ryggsäcken där hon förvarade våra värdesaker och tog fram kameran med en förvirrad min. "Vad är det som är så roligt?" frågade hon.

"Se på skylten!" skrattade jag och pekade mot en stor skylt där det stod med stora bokstäver: "DANGER! No swimming!".
Med ett ännu bredare leende knäppte jag en perfekt bild där skylten syntes tydligt, och i bakgrunden badade både pappa

och Olof glatt i det kristallklara vattnet, helt ovetande om varningen.

"Janne!" ropade mamma. "Såg ni skylten?"

"Vilken skylt?" ropade pappa tillbaka, och hans röst ekade längs klipporna.

"Den om att det kan vara farligt att bada här," sa jag medan jag knäppte av några fler bilder, fortfarande fnissande.

"Sluta nu! Det är inte roligt" snäste mamma. "Tänk om det är farligt! Eller om vi blir anhållna. Kom ihåg hur strikta polisen är i det här landet!"

Pappa vadade upp på stranden med Olof i hälarna och läste skylten. Han skrattade kort och ryckte på axlarna. "Kanske är det strömt, men det är nog ingen fara om vi håller oss vid strandkanten."

Vi satte oss vid vattenbrynet och körde ner tårna i den mjuka, varma sanden. Svala vågor sköljde över våra fötter och fick oss att slappna av, nästan som om havet ville välkomna oss. Jag såg hur mamma slöt ögonen och blundade mot den strålande solen. Det var som om all spänning och trötthet från resan bara smälte bort i samma stund som hon sjönk ner i sanden.

"Tänk vilket äventyr vi ska ha," sa hon, med en lättnad i rösten som jag sällan hört. Men plötsligt öppnade hon ögonen och stirrade på mina axlar. "Men herregud! Vi har ju inte smörjt in oss!"

Hon tryckte försiktigt med tummen på min ena axel. "Du kommer att bli röd som en kräfta om vi sitter här utan solskyddsfaktor," fortsatte hon med en röst som balanserade mellan skämt och allvar.

Pappa suckade och reste sig. "Det är ändå snart dags för mat," sa han medan han borstade bort sanden från händerna. "Kom nu, så går vi innan vi bränner oss."

Vi började gå tillbaka uppför stentrappan mot hotellet. Vi hade knappt utforskat något än och det var redan sen eftermiddag, men jag såg fram emot allt som vår första riktiga dag i paradiset hade att erbjuda.

FYRA

Jag skakade bort minnena och kom tillbaka till verkligheten. Chamalis skratt fyllde rummet genom den något brusiga anslutningen, och det smittade av sig. Ett varmt, oväntat skratt undslapp mig, som om jag släppte ut en del av den tyngd jag burit på under alla dessa år. Jag befann mig i en märklig blandning av dåtid och nutid, men när jag hörde Chamalis skratt kunde jag inte låta bli att le.

"Hello, darling! Long time no see!" ropade Chamali, med samma lätta ton som hon alltid haft, som om vi var tillbaka på gatan utanför deras hus, skrattande tillsammans när vi spelade badminton. Det var nästan overkligt att höra hennes röst igen, som en påminnelse om allt vi varit med om.

"Hello Chamali! How are you?" Jag hörde min egen röst, lite skälvande, men ändå fylld av glädje. Det kändes som om tiden hade dragit en skarp linje mellan då och nu, men trots det fanns en länk mellan oss som var omöjlig att bryta. Något i Chamalis röst var så

*välbekant, något som tog mig tillbaka till en annan tid, precis då
världen rämnat under våra fötter.*

*Det var märkligt. Bekant men ändå så främmande. Våra liv hade
tagit så olika vägar. När vi senast såg varandra hade vi varit 17 –
unga och naiva men med en nyfunnen insikt om livets brutala
verklighet. Då hade vi ingen aning om hur våra liv skulle formas,
eller att vi skulle bära med oss vårt möte som ett ärr genom livet.*

*Jag minns de där dagarna efter katastrofen, hur vi trots allt hade
försökt hålla fast vid någon form av normalitet. Vi hade delat skratt,
berättelser, försökt hitta glädje i det lilla, trots att världen omkring
oss låg i spillror. Även om vi inte förstod det då, hade allt vi upplevt
redan börjat etsa sig fast inom oss – varje skrik, varje bruten kropp,
varje stormig natt blev en del av oss.*

2004-12-15
Colombo, Sri Lanka

Jag följde efter resten av familjen som kryssade mellan
butiker och gatustånd som kantade gatan. Den varma
eftermiddagen hade fått oss alla att smörja in oss rikligt med
solskyddsfaktor, och våra skinn glänste lätt i det tropiska
ljuset. Pappa hade utnämnt kvällens uppdrag till en ytterst
viktig uppgift: att hitta en solhatt. Han var övertygad om att
han skulle bränna öronen av sig om han inte fick tag på en
hatt så fort som möjligt.

"Jag kommer inte överleva den här solen utan en hatt!"
muttrade han och drog handen över sin redan svettiga panna.

"Där borta kan det nog finnas något," sa jag och pekade mot ett stort varuhus med glasad entré, där luftkonditioneringen lovade en välkommen svalka.

"Vänta!" hojtade pappa plötsligt och grep tag om min arm precis innan en stor lastbil, fullastad med getter, dundrade förbi på gatan framför oss. "Jösses vad de kör!" utropade han och pekade mot ett övergångsställe längre fram, där bilar, mopeder och tuktuks sicksackade sig fram genom det myllrande trafikkaoset. "Det gäller att vara uppmärksam här ute."

Det var sent på eftermiddagen, och vi hade vandrat runt i de centrala delarna av staden i flera timmar. Vägarna här var något mer organiserade än de mindre gränderna vi tidigare gått i – det fanns till och med övergångsställen och trafikljus, även om ingen verkade bry sig särskilt mycket om att följa dem. Överallt trängdes fordon och människor, och stadens ljud – tutande bilar, försäljarnas rop och motorljuden från mopeder – bildade en ständigt närvarande kakofoni.

Efter att ha vågat oss över gatan, där vi alla nästan instinktivt höll varandra i armarna, steg vi äntligen in i varuhuset. Den svala luften slog emot oss som en välkommen bris, och det var som att kliva in i en helt annan värld. Inuti varuhuset var det julpynt överallt. Girlanger och blinkande julgranskulor hängde från taket, och i mitten av byggnaden stod en enorm, dekorerad julgran. Kontrasten mellan den tropiska värmen utanför och julens glittriga dekorationer kändes återigen så otroligt märklig.

"Jag har hittat den!" utropade pappa plötsligt och utan att vänta på resten av familjen gick han med snabba steg mot en butik på höger sida. Jag och min bror tittade förvånat efter honom. I skyltfönstret hängde ett par solhattar, och jag kunde inte låta bli att fnissa åt deras utseende. De var stora och klumpiga, i grälla färger som skar sig mot varandra, och med breda brätten som såg ut att kunna fånga upp all vind som blåste förbi.

"Det där är nog de fulaste solhattar jag någonsin sett," sa jag och skakade skrattande på huvudet.

"Kom, vi går in här istället," föreslog jag och drog med mig min bror in i butiken bredvid, en affär fylld med surfshorts, merch t-shirts och flip-flops i alla möjliga färger och mönster. Märket Quicksilver var det enda man såg, och det var precis den typ av kläder som fick Olofs ögon att lysa upp. Han började genast plocka bland plaggen, medan jag gjorde detsamma.

När pappa och mamma till slut kom in i butiken stod jag redan vid provrummen, fullt sysselsatt med att välja ut kläder både åt mig själv och åt min lillebror. "Mamma, du sa ju att vi skulle resa lätt för att köpa kläder när vi kom hit!" ropade jag entusiastiskt och höll upp ett par färgglada shorts. "Här är verkligen billigt!"

Mamma skrattade åt min iver. "Ja, det sa jag faktiskt," erkände hon, samtidigt som hon nickade uppskattande mot Olof som kom ut ur provhytten med en blå-grå mönstrad Quicksilver t-shirt. "Men köp inte hela butiken nu." Hennes lättsamma ton dämpade den uppenbara entusiasmen hos mig och Olof, men vi kunde ändå inte låta bli att fylla på våra korgar med fynd.

"Det här är ju rena rånet!" muttrade pappa bakom oss. Han var tillbaka till sitt vanliga muttrande över pengar, vilket han ofta gjorde när det spenderades för mycket. Men samtidigt kunde han inte riktigt dölja ett litet leende när han såg hur nöjda vi var.

Efter en halvtimme av provande och prutande var vi ute på den varma, livliga gatan igen. Solen hade sjunkit något på himlen, men hettan låg fortfarande tung över oss. Pappa tog upp sin nyinköpta solhatt – en blå med Sri Lankas karaktäristiska guldiga lejon på. "Nu är ni allt lite avundsjuka va?" sa han nöjt när han satte den på plats. Vi andra skrattade hjärtligt, men jag kände att energin som tidigare hade varit hög nu sjunkit rejält. Det som började som en rolig utflykt hade förvandlats till en trött vandring, och det glada samtalet som hade fyllt butiken tidigare började nu gå mot en mer molande tystnad.

"Vi behöver mat," konstaterade mamma och drog ett djupt andetag. Svettdroppar glimmade på hennes panna, och det var tydligt att både trötthet och hunger hade slagit till.

"Ja, men var ska vi äta då?" frågade Olof och såg sig omkring som om han förväntade sig att ett perfekt matställe skulle dyka upp framför oss.

Runtomkring fanns fortfarande ett myller av folk och trafik. Gatustånden, med kryddor och saronger, som tidigare hade lockat med sina dofter och färger, kändes plötsligt som hinder att undvika snarare än upplevelser att njuta av. Mina fötter kändes tunga, och Olof såg lika trött ut som jag kände mig. Den långa resan började ta ut sin rätt och vi behövde hitta en plats att sitta ner, en plats där vi kunde fylla på med ny energi innan kvällen var över.

Efter att ha vandrat genom gatorna i vad som kändes som en evighet, snubblade vi slutligen över en liten tvärgata. Gatan var smal och inte lika livlig som huvudstråket vi tidigare hade gått på, men här fanns ändå en viss charm. Stånden och butikerna var slitna, men de doftande ångorna från ett matställe längre ner på gatan fångade genast vår uppmärksamhet.

Mellan två slitna byggnader, under en nästan osynlig skylt med texten halvt avflagnad, låg ett enkelt matställe. Det var uppenbart att stället hade sett bättre dagar. Några av borden ute på trottoaren hade rostfläckar, och stolarna såg rangliga ut. Ändå var det något med stämningen här – något genuint och välkomnande. Eller så var det tröttheten och hungern som gjorde sig påmind. Dofterna som steg från det lilla köket var intensiva och inbjudande; en blandning av kryddor som jag aldrig känt förut, fyllde luften och fick min mage att kurra högljutt.

"Vad sägs om att prova här?" frågade pappa och nickade mot stället och kunde knappt dölja sin nyfikenhet över vad det lilla matstället hade att erbjuda. Vi stannade och tittade på varandra för att utvärdera alternativet. Ingen av oss var i skick att leta vidare, så vi nickade alla instämmande.

Vi slog oss ner vid ett av borden, som sviktade något när vi satte oss. Stolarna var ojämna, och jag kände hur den gungade till av min kroppsvikt.

När menyn kom, skriven på lankesiska med solblekt bläck på en laminerad papperslapp, visste vi inte riktigt vad vi skulle förvänta oss. Men servitören, en ung man med ett varmt leende, pekade på några av rätterna och försökte förklara på väldigt knagglig engelska vad som fanns att välja på. Vi var lite osäkra på vad vi egentligen beställt men kände oss ändå på bättre humör.

När maten kom ut, ångande het och färgstark, var det som om tröttheten från dagen föll bort. Tallrikarna var fyllda med dofter och smaker som jag aldrig tidigare hade upplevt. Varje tugga exploderade av kryddor och texturer – en blandning av hettan från chilin, sötman från kokosmjölken och den friska syran från limebladen. Roti-bröden var mjuka och smöriga, perfekta för att doppa i de smakrika såserna. Det var mat som värmde från insidan och fyllde oss med ny energi.

Trots att stället kanske inte såg mycket ut för världen, blev detta den bästa måltiden vi hade haft på hela resan hittills. Jag, som från början hade varit lite skeptisk, tog flera stora tuggor och log nöjt. "Det här är riktigt gott," mumlade jag mellan tuggorna och de andra höll nickande med.

Vi satt kvar länge på det lilla matstället, lutade oss tillbaka och njöt av stunden. Efter att ha vandrat runt hela eftermiddagen var det en lättnad att bara få sitta ner, äta gott och låta den tropiska värmen sakta svalna i takt med att solen försvann. Ljuset från gatlyktorna började glittra i den fuktiga kvällsluften, och från det lilla köket hördes det stillsamma klirret av porslin och kastruller.

Ingen av oss hade bråttom att gå därifrån. Vi delade på de sista bitarna roti-bröd, skrattade åt att vi bara besökt ett shoppingcenter och lyckats hitta allt vi behövde inför resan och planerade vad vi skulle göra härnäst. Stämningen var avslappnad och fylld av lättnad över att äntligen ha fått ny energi.

När vi till slut reste oss för att gå vidare ut i kvällen, kände vi oss på något sätt närmare både varandra och platsen vi befann oss på. Vi hade fått en smak av Sri Lanka, inte bara genom maten utan också genom den stillsamma atmosfären i en liten gränd där livet flöt på, bortanför turiststråken.

"Everything is good!" Chamalis röst bröt igenom mina minnen och drog mig tillbaka till verkligheten. "Jag ska visa," fortsatte hon på sin lite knaggliga engelska. Med telefonen i handen backade hon bakåt mot väggen bakom sig och visade stolt upp en rad fotografier som hängde där.

Jag lutade mig fram och kisade mot skärmen. Där, på bilderna, såg jag Chamali, hennes syster Anjali och resten av familjen. De log mot kameran, deras ansikten omgivna av en slags nyvunnen styrka. Jag såg mig själv reflekteras i deras ansikten, men det fanns något nytt där, något som berättade om ett liv fyllt av kamp och beslutsamhet. Chamali visade också en bild där hon och hennes syster var klädda i militäruniformer. Jag stirrade på bilden, nästan oförmögen att tro mina ögon.

"Wow, du gick i din fars fotspår!" utbrast jag förvånat.

"Ja," svarade Chamali stolt. "Men jag gick längre. Jag är officer nu," fortsatte hon och förklarade att även hennes lillasyster, Anjali,

nu studerade till officer i den lankesiska armén. Det var märkligt att höra om detta liv – så olikt mitt eget, men ändå så tydligt sammanflätat med vårt gemensamma förflutna.

Det kändes overkligt. Här var vi, båda i samma ålder, men med så olika livsresor. Jag hade byggt upp en stabil tillvaro med familj, barn, jobb och hus. Chamali hade stannat kvar, byggt sitt liv kring sin familj och sitt land, tränad för att skydda och försvara. Vi hade valt helt olika vägar och våra liv var varandras motsatser.

En tyngd la sig över mitt bröst, en slags sorg och saknad över vad som kunde ha varit, men samtidigt också en respekt för den styrka jag såg i min väns ansikte.

2004-12-16
Mirissa, Sri Lanka

Dagen började tidigt, efter en utsökt frukost på hotellet i Colombo. Vi beslöt oss för att njuta av trädgården och badet i närheten av hotellet på förmiddagen för att äta en lunch på hotellet innan vi skulle bege oss vidare på vårt äventyr. Vi hade blivit tipsade om ett litet ställe längst ned i södra änden av Sri Lanka, vid namn Mirissa. Det skulle tydligen vara något alldeles särskilt enligt receptionisten och det vår färd skulle ta oss denna dag. Den vänliga receptionisten hade ordnat med en taxi som skulle hämta upp oss strax efter lunch.

Hotellets lunchbuffé var en fröjd – fylld med färsk frukt, nygräddade roti-bröd och kryddiga curryrätter som gav oss en sista smak av Colombo innan vi begav oss iväg. Maten var precis vad vi behövde för att samla kraft inför den långa bilfärden söderut. Redan på morgonen hade staden legat under en fuktig hetta som bara verkade bli mer intensiv, och luften var tung och klibbig.

När vi väl satte oss i minibussen och började vår resa hade vi alla skruvat ner fönstren, hoppfulla om att fånga en sval bris. Det var förgäves. Ju längre söderut vi körde längs kusten, desto mer förändrades vädret. Värmen hängde kvar, men himlen bytte färg – de klara blå tonerna övergick till ett grått täcke av moln. Luften kändes laddad, och när vi närmade oss Mirissa blev vädret dramatiskt. Mörka moln rullade in över kusten, och i fjärran kunde vi se hur regnet föll tungt över havet.

När vi äntligen närmade oss vårt mål, började regnet piska mot minibussens fönster, och vinden slet i palmbladen längs vägen. Det var sen eftermiddag, men det kändes som natt. Regnet föll så kraftigt att vi knappt kunde se vägen framför oss.

Regnets smatter blandades med minibussens monotona dunkande motor och skapade en nästan hypnotisk effekt. Det var något bedövande över allt – vädret, mörkret, tröttheten som sakta svepte in oss.

Mamma satt tyst bredvid mig, med slutna ögon och handen tryckt mot tinningen. Hennes migrän hade slagit till tidigt under resan, och jag såg hur varje skakning från vägen förvärrade smärtan. Varje gång minibussen studsade över ett hål i vägen, drog hon ett plågat andetag och suckade tungt. Jag sneglade på henne, orolig över hur hon skulle klara sig. Hennes ansikte var sammanbitet, och jag kunde se att migränen höll på att ta över.

Vi hade inte bokat något boende i förväg – det hade från början känts som en del av äventyret. Tanken var att vi skulle resa på känsla, hitta små gömda pärlor längs vägen och leva i nuet. Men nu, när regnet piskade mot fönstren och mörkret slutit sig om oss som en tung slöja, kändes det mindre som ett äventyr och mer som en desperat kamp mot klockan, elementen och vår egen utmattning.

När vi kom fram till det första stället vi hittade, såg det mer ut som en trädkoja än ett hotell. Den låg mellan några palmträd, byggd på grova plankor med ett tak av något som såg ut som palmblad. Det var knappast inbjudande, men vi hade inget annat alternativ just då. Vi klev ur minibussen, och på bara några sekunder var vi blöta från topp till tå. Det var som om regnet hade väntat på oss, redo att ta emot oss med all sin kraft. Våra fötter sjönk ner i den leriga marken när vi närmade oss trädkojan, och jag kände hur regnet spred sig in genom mina kläder.

Under det svaga ljuset från några hängande glödlampor såg vi en grupp unga surfare, samlade i en ring, insvepta i en dimma av rök. Doften av deras jointar blandade sig med den fuktiga luften och regnet, och de såg ut som att de inte hade ett enda bekymmer i världen. På väggen bakom dem hängde en stor, blekt affisch av Bob Marley. De såg ut som levande kopior av honom – långa dreadlocks, färgglada bandanas, avslappnade och nästan drömmande blickar. Musiken från en bärbar högtalare spelade en dov, långsam reggae rytm som flöt samman med regnets rytmiska fall.

"Heeey," hälsade en av dem lojt när vi kom närmare. Hans röst var lika avslappnad som resten av honom, och det verkade inte spela någon roll att det regnade eller att vi stod helt dyblöta framför dem. Deras värld var långt ifrån vår just nu.

Mamma drog en djup suck, och trots att hon inte öppnade ögonen, kunde jag se hur hennes panna rynkades i obehag. Jag visste att hon inte mådde bra, men det här stället verkade bara göra det värre. Hon höll ett stadigt grepp om sin ryggsäck och det såg ut som om hon försökte samla sina tankar.

"Vi kan inte stanna här," sa hon bestämt, utan att ens öppna ögonen för att titta på oss. Det var inte bara regnet eller migränen som påverkade henne – det här var inte vad vi hade tänkt oss.

"Men ska vi inte ta en natt här så att du kan återhämta dig från migränen?" sa pappa försiktigt och strök mamma över ryggen. Jag kunde höra oron i hans röst, och jag förstod att han bara ville göra det lättare för henne. Vi hade blivit genomblöta bara på den korta stunden vi varit utomhus, och att stanna för natten skulle åtminstone betyda att vi fick ett tak över huvudet. Men jag visste redan att mamma inte skulle gå med på det.

Mamma vände sig sakta mot oss andra. Hennes ansikte var trött och smärtfyllt, och det fanns en beslutsamhet i hennes blick som gjorde att ingen av oss tänkte ifrågasätta henne. Hon skakade på huvudet, ett svagt och trött nej. Vi andra sa ingenting, vi bara följde hennes ledning, utan att ifrågasätta. Utan att behöva säga något förstod vi alla att vi skulle vidare. "Yo man! Check out that place" sa en av Bob Marley kopiorna och pekade med sin joint i riktning mot en vit mur längre ned på gatan. Vi tackade så mycket, vände oss om och steg tillbaka ut i regnet. Regnet fortsatte att ösa ned, och mörkret kändes nästan fysiskt när vi gick tillbaka ut mot gatan. Vi släpade oss vidare i den riktning som han hade pekat, blöta och stela efter en heldag i bil och med ett molande hopp om att vi skulle hitta något bättre längre fram.

Regnet föll fortfarande i tunga, tjocka strålar. Mamma, med sin migrän, såg allt mer sammanbiten ut. När vi närmade oss den vita muren längre ned på gatan möttes vi av ett ställe, som verkade betydligt mer inbjudande än den trädkoja vi först sett. Det var som att ha hittat en liten oas mitt i stormen. Bungalowerna var riktiga byggnader, med solida väggar och tak – ett tecken på att vi äntligen kunde få en natt i trygghet och torrhet. Platsen låg gömd i en lummig trädgård, som såg magisk ut trots regnet. Ljusslingor blinkade genom det tunga regnet och kastade ett mjukt, gyllene sken över palmernas svajande silhuetter. Det fanns en sorts lugn här, en känsla av att vi hade kommit hem, om än tillfälligt.

Mamma, som såg ut att kämpa för att hålla ögonen öppna, suckade lättat när hon såg de rena, enkla bungalowerna. "Här kan vi stanna," sa hon tyst och lutade sig tungt mot pappa, som ledde henne fram till receptionen. Jag såg på henne och insåg att hon var helt slut, både fysiskt och psykiskt, efter dagens påfrestningar. Men för oss andra var känslan annorlunda – vi var trötta, visst, men spänningen över att ha nått fram och över vad morgondagen kunde erbjuda var så mycket starkare.

Efter att vi checkat in, skyndade vi oss in i våra bungalows för att undkomma det fuktiga vädret. Rummen var enkla men rena, och lukten av trä och fukt blandades med den tropiska luften som letade sig in genom små öppna fönster. Mamma slängde sig direkt på sängen, glad över att äntligen få vila, medan vi andra tog oss tid att inspektera varje vrå. Det var något spännande med detta ställe, något som fick vår fantasi att rusa trots regnet som smattrade mot taken.

Jag och Olof delade en förväntansfull blick. Vi kunde knappt vänta på att utforska trädgården, stranden och kanske träffa lokalbefolkningen. Att gå och lägga sig kändes som att öppna första luckan i en adventskalender – vi visste att något fantastiskt väntade på oss, men vi var tvungna att vänta tills morgonen.

Det fanns en spänning i luften, som om vi befann oss på tröskeln till något stort. Det okända som dolde sig bakom nattens mörker och regn, fyllde oss med förväntan, och trots att vi var trötta, var tanken på vad vi skulle få se nästa dag nog för att hålla oss vakna ett litet tag till.

Regnet fortsatte att falla utanför, vinden susade genom palmerna, och vi kunde höra havets brus i fjärran. Och även om vi inte såg stranden än, visste vi att den låg där, bara ett stenkast bort, och väntade på oss när morgonens ljus äntligen skulle bryta igenom molnen. Vi kunde höra vågorna slå upp mot stranden.

När jag och Olof steg in i vår bungalow, smattrade regnet fortfarande mot taket, men det störde oss inte längre. Nu var vi inomhus, torra och trygga. Jag slängde av mig ryggsäcken och började packa upp när jag hörde ett konstigt ljud vid dörren. Det lät som att något skrapade mot marken utanför. Först trodde jag att det bara var vinden som lekte med grenar, men när jag tittade närmare såg jag något röra sig långsamt över verandan.

"Vad är det där?" frågade jag och pekade mot dörren. Mitt hjärta slog plötsligt snabbare, och en gnagande oro steg i mig. Olof kom fram och vi tittade tillsammans, och där, precis vid tröskeln, såg vi en stor eremitkräfta långsamt krypa fram. "Kolla! En eremitkräfta!" utropade Olof, som om det var världens mest spännande upptäckt. Jag hoppade till av rädsla. Den var enorm – mycket större än alla eremitkräftor jag någonsin sett förut. Trots att jag hade stött på eremitkräftor flera gånger tidigare, jag och Olof brukade till och med samla på dem hemma på stranden när vi var små, så var detta något helt annat. Eremitkräftans skal glittrade fuktigt i ljuset från verandan, och dess klor skrapar lätt mot trägolvet. Den verkade nästan lika nyfiken på oss som Olof var på den.

Olof lyfte fascinerat upp den för att titta på nära håll. Den var nästan lika stor som hans hand. Han skrattade högt åt mig när han såg min min. "Om du tycker att den här krabaten är läskig, kolla in resten då!" utropade han förtjust och fortsatte ut från verandan.

Runt om vår bungalow satt flera stora eremitkräftor, som om de vakade över oss. De kröp långsamt fram över stenarna. Det var som om de var en del av naturen här – en påminnelse om att vi nu befann oss långt från allt vi var vana vid.

Att höra regnet trummande mot taket, känna doften av fuktig jord och se eremit-krabborna röra sig tyst omkring oss gjorde att platsen kändes som ett äventyr i sig. Samtidigt kändes det tryggt. Här var vi skyddade från vädret, omgivna av naturens tystlåtna invånare, och vi kunde äntligen återhämta oss efter bilfärden.

Jag la mig på sängen med en känsla av spänning och förväntan – morgondagen skulle visa oss vad denna plats verkligen hade att erbjuda, när dagsljuset äntligen bröt igenom de tunga regnmolnen.

SEX

"Bor ni kvar i samma hus?" frågade jag, när jag äntligen kände att jag återfick fattningen. Vi hade pratat i några minuter nu, efter alla dessa år, och varje ord hade känts som ett steg tillbaka i tiden. Nu, när den första chocken över att höra Chamalis röst hade lagt sig, vågade jag fråga mer.

"Yes, same house!" svarade Chamali med ett leende, innan hon vände kameran mot rummet omkring sig. Jag stirrade på skärmen, och plötsligt var jag där igen – i samma vardagsrum där jag hade tillbringat så många timmar under de där intensiva dagarna. Jag kände igen varje liten detalj. Möblerna var fortfarande enkla, en blandning av trä och tyg, slitna av årens gång men välskötta. På väggarna hängde samma familjefoton, inramade på exakt samma sätt som jag mindes dem.

Det var som om tiden hade stått still i det där huset, trots att 20 år hade gått. Minnet av rummet var så levande, som om det var precis igår jag satt där med Chamalis familj, och nu kände jag återigen den blandade känslan av fascination och distans.

Jag mindes middagarna vi hade ätit där – en nästan rituell upplevelse som kändes så långt från det liv jag lever nu. Jag såg mig själv sitta vid bordet; gästerna och de äldsta familjemedlemmarna åt alltid först. Döttrarna och mamman åt sist.

Det var så annorlunda från vad jag var van vid. Jag tänkte tillbaka på min egen uppväxt där måltiderna hade varit högljudda och fulla av prat och skratt, där alla åt samtidigt och ingen brydde sig om någon tog en extra bit mat innan någon annan. Traditionen hade även ärvts vidare till min egen familj där jag alltid blev lyckligare över ju fler som trängdes runt vårt matbord.

Jag hade inte vetat vad jag skulle göra under de första middagarna hemma hos Chamalis familj, men jag hade anpassat mig. Jag hade inget val.

2004-12-17
Mirissa, Sri Lanka

Dagarna som följde blev några av de bästa jag hade upplevt. Varje morgon när jag steg ut från vår bungalow möttes jag av samma känsla - som om jag levde i en dröm. Den vita stranden och det kristallklara vattnet var nästan overkligt i sin perfektion. Men det som verkligen gjorde platsen speciell var människorna som drev den lilla restaurangen och bungalowerna.

Restaurangens ägare, Dilan, var alltid på plats varje morgon. Hans ansikte lyste upp när han såg oss komma, som om vi var gamla vänner som återvände varje dag. "Good morning, my friends!" hälsade han alltid, med sitt breda leende som visade hans vita tänder mot den solbrända huden. Han var en äldre man, med en kropp som bar spår av ett liv av hårt arbete, men han hade också ett lugn och en självklarhet i sina rörelser som bara någon med djup erfarenhet kunde ha.

"Dilan," frågade jag en dag när vi satt där och drack vår morgonsmoothie. "Hur länge har du haft det här stället?"

Han satte sig ner på stolen bredvid oss, som om han hade väntat på att få berätta sin historia. "Det var många år sedan nu," sa han och såg ut över stranden. "När vi började fanns det ingenting här. Bara mark och hav." Han gjorde en gest mot bungalowerna bakom oss. "Allt detta har vi byggt själva, en sten i taget. Det var ingen enkel resa, men vi visste att det skulle vara värt det."

Amara, hans fru, kom ut ur köket just då och log varmt mot oss. "Vi började med bara en bungalow," sa hon och torkade händerna på sitt förkläde. "Det tog oss år att spara tillräckligt för att bygga nästa. Vi ville att varje bungalow skulle vara perfekt, att varje gäst skulle känna sig hemma här."

Hon berättade att de hade haft drömmen om att bygga något eget sedan de gifte sig. "Vi ville ha något som var vårt. Något vi kunde ge vidare till våra barn en dag," sa Amara medan hon långsamt rörde om i en kastrull med kokosmjölk till frukosten. De hade två barn, en son och en dotter, som bodde i Colombo och arbetade inom hotellbranschen. "De lärde sig allt här," sa Dilan stolt. "Nu hjälper de till att driva större hotell, men de kommer alltid hem till oss när de är lediga."

En gång frågade mamma hur de klarade av det dagliga arbetet, med att driva restaurangen, sköta odlingarna och ta hand om gästerna. "Vi har gjort det så länge nu att det är som en del av oss," sa Amara och skrattade. "Jag tycker om att vara i köket. Och att se människor som njuter av maten vi lagar – det gör allt värt det."

Förutom Dilan och Amara var Ravi, deras unge kock, en oumbärlig del av verksamheten. Ravi var tystlåten och höll sig ofta till i köket, men vi såg honom ibland när han kom ut för att hämta ingredienser eller ställa fram mat. Han hade en nästan meditativ närvaro när han lagade mat. Varje rörelse var långsam och kontrollerad, som om han visste exakt hur mycket krydda eller salt som skulle läggas till utan att ens smaka.

En dag, när vi var de enda gästerna på den lilla restaurangen, satte sig Ravi plötsligt ner vid vårt bord. "Hur länge har du jobbat här?" frågade Olof nyfiket.

"Jag kom hit när jag var 16," svarade han och tittade upp mot Dilan och Amara. "Jag hade inga pengar och ingenstans att bo. Dilan gav mig arbete och Amara lärde mig allt jag kan om matlagning. Nu är det mitt liv."

Ravi hade en dröm om att en dag öppna sin egen restaurang, berättade han tyst. Men han visade ingen brådska. Han trivdes här, och det var som om tiden rörde sig långsammare på denna plats, som om hans framtid inte var något han behövde jaga efter.

På kvällarna, när solen långsamt sjönk ner över horisonten, kunde vi ibland sitta kvar på restaurangen långt efter att maten serverats. Då kom Dilan ofta ut och satte sig med oss.

Han berättade historier om sin ungdom, om hur havet alltid hade varit en del av hans liv.

En kväll, efter en särskilt vacker solnedgång, satt vi kvar längre än vanligt vid vårt bord. Luften var fortfarande varm, men en sval bris från havet svepte över stranden. Dilan satte sig ner med oss, och vi började prata om livet vid havet. "Havet har varit en del av mitt liv så länge jag kan minnas," sa han, med blicken riktad mot horisonten där vågorna försiktigt rullade in. "Min far var fiskare, liksom hans far före honom. Det var alltid meningen att jag skulle följa deras fotspår." Han tystnade en stund och drog långsamt handen genom sitt grånande hår.

"Havet har gett oss mycket," fortsatte han efter en stund. "Det har gett oss mat, försörjning, och möjligheten att bygga det här stället." Han gjorde en gest mot bungalowerna och restaurangen runt oss. "Men havet kan också ta."

Vi satt tysta, och jag kunde känna att Dilan var på väg att berätta något djupare, något som låg nära hans hjärta.

"Jag hade en bror," sa han plötsligt, rösten något lägre. "Vi var båda unga, kanske sju eller åtta år gamla. Vår far brukade ta med oss ut på havet ibland när han fiskade. Vi var så ivriga, vi ville vara som honom, vara starka och duktiga fiskare."

Han stannade upp och sänkte blicken mot sanden. "En dag var havet inte lika lugnt som vi trodde. Min bror föll överbord." Hans röst var nu låg, nästan viskande. "Våra föräldrar gjorde allt de kunde, men... havet tog honom."

Jag minns hur vi alla satt stilla, fångade av tystnaden som följde hans ord. Det kändes som om själva havet hade dragit sig tillbaka för att lämna plats åt sorgen i hans minnen.

"Efter det," fortsatte han, "visste jag att havet inte bara ger, utan också tar. Jag har alltid burit med mig den insikten. Amara och jag har byggt upp det här stället med den tanken i bakhuvudet – att vi aldrig kan ta havet för givet." Han såg upp, och hans blick mötte min. "Det är därför vi ber för lugna vatten, varje dag."

Amara kom ut från köket och satte sig bredvid Dilan. Hon lade sin hand på hans arm, och jag kunde se att även hon bar med sig samma sorg. "Vi älskar havet," sa hon mjukt. "Men vi har lärt oss att respektera det. Det kan ge oss allt, men också ta det vi håller kärast."

Den kvällen satt vi länge och pratade med Dilan och Amara om deras liv, om hur de trots förlusten hade bestämt sig för att bygga något vackert vid havet. "Vi valde att stanna här," sa Dilan, "för vi ville inte låta sorgen ta över. Havet har gett oss så mycket, och vi ville skapa en plats där människor kunde uppleva dess skönhet – men alltid med respekt."

Under veckan i Mirissa lärde vi känna dem alla. Dilan och Amara hade byggt sin verksamhet med kärlek, en plats som reflekterade deras passion för gästfrihet och deras djupa band till havet. Ravi var framtiden, en ung man med drömmar, som en dag skulle gå vidare och skapa något eget. Men för nu, här på den lilla restaurangen, var de ett oskiljaktigt team, och deras plats blev som ett andra hem för oss.

En syn som fascinerade oss varje dag var de lokala fiskarna som satt på sina enkla träställningar ute i vattnet. De satt som statyer på träkors som de hade snörat ihop med två smala störar, och där kunde de sitta i timmar och fiska. Det såg nästan surrealistiskt ut – en slags stillsam tystnad mitt i havets rullande vågor. Det verkade som om inget kunde störa deras lugn, och det var som om de var en del av landskapet, lika naturliga som palmerna och havet.

Vi gick också på utflykter. En dag besökte vi fiskmarknaden i närheten, där jag såg hur lokala fiskare drog in sina fångster direkt från havet. Det var livligt och färgglatt, och jag fascinerades av hur annorlunda allt var jämfört med fiskmarknaden i Göteborg. På vägen tillbaka stannade vi vid fruktstånd längs vägen och köpte färsk mango och papaya. Det var som om tiden stod stilla på denna plats. En plats som jag aldrig ville släppa.

SJU

Chamali fortsatte sin rundvandring genom huset via videosamtalet. "Denna del är nybyggd, och här är mitt rum!" sa hon stolt, medan kameran svepte över en ljus, enkel inredning. Jag betraktade de bekanta detaljerna. Trots förändringarna kunde jag se rester av det gamla huset bakom det nya. Det kändes både märkligt och bekant, som om två tidsåldrar smälte samman på samma plats.

"Vilka olika liv vi fick," tänkte jag medan jag betraktade skärmen. Chamali bodde fortfarande hemma när hon inte var inkallad på uppdrag i militären, medan jag själv just byggt klart familjens villa, hade två barn och drev ett konsultföretag inom en stor koncern. Våra liv hade tagit så skilda vägar, men ändå fanns det en förbindelse mellan oss som var omöjlig att förneka.

"Jag ska visa övervåningen," fortsatte Chamali och började gå uppför den smala trappan. Jag kände ett välbekant tryck i magen när jag såg de omisskännliga trätrapporna och det svaga ljuset som strilade in genom de små fönstren. Det var som om minnena av mitt *första möte med huset sakta kom tillbaka. Rummet, lukten av fukt och trä, och ljudet av regn som trummade på taket.*

När kameran svepte förbi den övre våningen knöt det sig ytterligare i min mage. Jag kände igen allt för väl hur övervåningen såg ut. Tegelpannorna, de där som var synliga inifrån rummet, var fortfarande desamma. "Minns du ert gamla rum?" frågade Chamali och skrattade. Hennes skratt var lika lättsamt som det hade varit då, men det bar också en tyngd av alla de år som gått.

"Ja, jag minns," svarade jag och log, men med en känsla av sorg som jag inte kunde förklara. Alla minnen, både de ljusa och de mörka, kändes plötsligt så nära.

2004-12-19
Mirissa, Sri Lanka

Bob Marley-kopiorna, som vi först hade mött den regniga natten i deras trädkoja, visade sig vara mycket mer än vi hade trott. De var mer än bara drömmare som satt och rökte under lyktorna, de var också skickliga surfare – och faktiskt väldigt trevliga människor. Deras avslappnade livsstil, som först verkat så främmande för oss, började sakta växa för mig.

För dem var surfing inte bara en hobby, det var en livsstil, nästan som en religion. Varje dag gick de ut på havet, utan stress, utan brådska. Det handlade inte om att tävla eller visa upp sig, det handlade om att känna sig ett med vågorna, om att leva i nuet. Och trots att vi först trott att de bara satt där i sin dimma och hängde, visade det sig att de tog sin surfing på största allvar. När de var ute i vattnet var deras rörelser precisa, eleganta, som om de alltid visste exakt vad vågen skulle göra innan den ens kom.

Vi fick snart lära oss hur mycket havet betydde för dem, och till vår stora förvåning erbjöd de sig att lära oss att surfa. "Det är något ni bara måste uppleva," sa den ledande killen med de längsta dreadlocks och ett leende som alltid verkade lugnt och nöjt.

Den första lektionen gick långsamt och klumpigt. Våra försök att bemästra de små vågorna längs stranden resulterade oftast i skratt och plask när vi föll av brädorna innan vi ens hunnit komma upp ordentligt. Men surfgänget hade tålamod och skrattade lika mycket med oss som vi gjorde åt oss själva. Vi lärde oss snabbt att för dem var surfing ett sätt att meditera, att komma nära naturen och sig själva. De tog sitt hav på allvar, precis som de tog sina vågor.

Men det var pappa Janne som bjöd på de största skratten. Han hade alltid älskat att utmana sig själv, men surfing verkade vara ett hinder han inte riktigt kunde övervinna. Trots alla sina försök, alla försiktiga instruktioner och sina många försök att hålla balansen, slutade det nästan alltid med att han hamnade i vattnet med ett stort plask. Vi stod på stranden och höll oss för magen av skratt medan han gång på gång tappade balansen. "Jag trodde inte att det skulle vara så svårt!" ropade han medan han kravlade sig upp ur vattnet igen, med vågorna fortfarande forsande runt honom.

Bob Marley-killarna skrattade också, men deras skratt var fullt av värme och uppmuntran. De dömde honom aldrig, utan fortsatte ge honom tips och råd, som om han var en av deras egna. "Det handlar om att känna vågen, inte kämpa emot den," sa de gång på gång, och pappa nickade allvarligt, som om han försökte internalisera deras ord. Men trots alla visdomsord fortsatte han att falla av brädan – och det blev nästan en daglig underhållning för oss alla.

Ändå fanns det något vackert i det. Vi kanske inte var de bästa surfare, men vi hade roligt, och varje misslyckande blev till ett minne, varje plask till ett skratt som band oss närmare varandra och platsen vi befann oss på. Och medan vi skrattade och kämpade med brädorna, kändes det som om vi blev en del av något större – en enkel, naturlig glädje som gjorde att vi för en stund glömde allt annat.

Jag kände hur deras livsstil, som först verkat så främmande, nu började göra mer och mer mening. Det fanns en lätthet i hur de levde, en flytande frihet som fick mig att vilja släppa taget om allt vad kontroll och rutiner heter.

Vi tillbringade också många eftermiddagar på stranden tillsammans med dem. När surfingen blev för mycket eller vågorna för svåra, spelade vi beachvolleyboll under den heta solen. Bob Marley-killarna, med sina solbrända kroppar och muskulösa armar, rörde sig med en sådan lätthet och skicklighet att det nästan var omöjligt att tro att de var samma människor som satt så avslappnat och lojt i sina trädkojor. Deras avslappnade livsstil till trots var de otroligt duktiga, både på att surfa och på att spela beachvolleyboll. De flög över sanden, hoppade och slog bollen med en precision som gjorde att Olof och jag fick kämpa för att hänga med.

Vi gjorde vårt bästa för att hålla jämna steg med dem, men hur mycket vi än försökte var vi aldrig riktigt i närheten av deras nivå. De verkade nästan vara ett med stranden, lika naturliga där som sanden under våra fötter. När vi tappade bollen eller missade ett slag, skrattade de bara och klappade oss på axlarna, alltid vänliga, alltid uppmuntrande. Det fanns ingen stress, ingen tävling – bara ren, enkel glädje. Varje match blev en lek, och även när vi förlorade fanns ingen irritation, bara lycka.

Efter matcherna, när vi alla var svettiga och täckta av sand, brukade de gå till den enda duschen de hade – en enkel, naken vattenstråle som rann ner utanför trädkojan, direkt på stranden. Duschen var så primitiv att den mer liknade en slang som någon knutit fast i ett träd, men de verkade inte bry sig. De ställde sig under vattnet, med havet som bakgrund, och lät vattnet skölja bort sanden och svetten. Vi såg nog mer av dem än vi någonsin hade hoppats på. Duschen saknade helt väggar, och de brydde sig inte om att vara diskreta. De skrubbade sig glatt medan de pratade högt och skrattade, som om deras kroppar bara var en annan del av naturen omkring oss. Det var inget pinsamt för dem, inget att dölja. Det var bara deras sätt att leva – enkelt, naturligt, och utan några som helst bekymmer.

För oss, som kom från ett mer reserverat och privatlivsfokuserat samhälle, var det en märklig upplevelse. Även om jag aldrig skulle få för mig att duscha spritt språngande naken på en strand omgiven av människor så började jag förstå deras synsätt. Det fanns en frihet i deras sätt att vara, en lättsamhet. Deras liv på stranden handlade inte om bekvämligheter eller fasader, utan om att vara i nuet, att njuta av varje stund. Och sakta men säkert, började jag ta till mig av den livsstilen också.

Under dagarna som gick började jag även lära känna de andra gästerna på resorten. Dilan och Amaras bungalows var enkla men charmiga, och de drog till sig resenärer från hela världen, människor som sökte något lugnt och avskilt, långt bort från turiststråken. Snart började vi också känna oss som en del av den lilla gemenskapen som bildades där.

En av familjerna var från Frankrike. Pappan, som hette Pierre, var en hängiven surfare. Han hade en avslappnad hållning, och vi såg honom ofta ute på vattnet, flytande på sin bräda medan han väntade på den perfekta vågen. Hans fru, Sophie, var konstnär. Varje morgon satt hon vid stranden med sitt lilla staffli och målade bilder av havet, stranden och de enorma palmerna som svajade i brisen. Deras två små pojkar, båda blonda och fulla av energi, sprang ständigt fram och tillbaka längs strandkanten, ivriga att upptäcka allt som naturen hade att erbjuda.

En dag satt jag bredvid Sophie medan hon målade. "Det är ett vackert liv vi har här, eller hur?" sa hon med sin mjuka, franska accent. Hon tittade upp från sitt staffli och såg ut över havet, där Pierre just fångade en våg. "Vi reser mycket för Pierres surfing, men jag måste säga, det här är en av de vackraste platserna jag har varit på."

Hon visade mig några av sina målningar, och jag kunde inte låta bli att imponeras av hur hon fångade havets djup och den skimrande sanden med enkla, eleganta penseldrag. "Havet är min största inspiration," sa hon. "Det förändras hela tiden. Precis som livet."

I en av de andra bungalowerna bodde en äldre brittisk dam, som hette Margaret. Hon hade rest ensam, men hennes energi och livsglädje gjorde att hon snabbt blev en del av vår lilla grupp. Margaret hade rest till Sri Lanka många gånger tidigare, och hon älskade att berätta historier om sina resor. "Det är något speciellt med den här platsen," sa hon en kväll när vi satt på stranden och såg på solnedgången. "Jag har rest runt hela världen, men jag återvänder alltid hit. Det är som om havet kallar på mig."

Margaret, som var en passionerad fågelskådare, brukade vandra längs stranden tidigt på morgonen för att se de exotiska fåglarna som levde i området. Hon visade oss en liten anteckningsbok där hon noggrant listade varje art hon sett, och hon förklarade entusiastiskt deras unika egenskaper. "Det är som att naturen här aldrig slutar överraska mig," sa hon med ett leende.

ÅTTA

Chamali avslutade rundturen, och vi skrattade åt minnet av det gamla rummet, när en annan röst plötsligt hördes i bakgrunden. Jag kände genast igen den milda, vänliga tonen av en äldre kvinna som talade på singalesiska. Chamali vände sig om och log brett mot kameran.

"Det är mamma," sa hon och vinkade in kvinnan närmare. "Sumudu, kom och säg hej!" ropade hon, och snart dök Sumudu upp i bild, klädd i en färgglad sarong och med sitt varma, vänliga leende. Hennes mörka hår hade grånat, men hennes ögon glittrade fortfarande med samma värme som jag mindes så väl.

"Hej, hej!" skrattade Sumudu med sin knaggliga engelska och vinkade mot kameran. Hon sa något mer på singalesiska, och Chamali skrattade innan hon översatte: "Mamma frågar hur ni mår. Hon minns dig och din familj väldigt väl."

"Vi mår bra, tack," svarade jag med mjuk röst och log varmt tillbaka genom skärmen. Det känns som igår, men samtidigt som en

evighet sen. "Jag har min egen familj nu," fortsatte jag och ropade på mina barn och min man, som var i ett annat rum. "Kom och säg hej!"

Efter några sekunder dök min man och barnen upp bakom mig, lite blyga men nyfikna på att se vilka jag pratade med. "Det här är min man och våra två barn," sa jag stolt och strök barnen över håret. Jag presenterade dem medan de vinkade artigt mot skärmen. Sumudu log brett och nickade godkännande.

Sumudu sa något igen på singalesiska och skrattade hjärtligt. Chamali översatte skrattande: "Mamma säger att du har en vacker familj, och en snygg man." Sumudu gav sin dotter en retsam blick och sa något mer på sitt modersmål, vilket fick Chamali att skratta högt.

"Mamma säger att jag måste skynda mig att hitta en man och barn nu!" Chamali fnissade, men det fanns en glimt av skämt i hennes ögon. "Hon pikar mig hela tiden för att jag inte har gift mig än."

Jag log, roat av deras familjära dynamik. "Tiden kommer," svarade jag med ett varmt leende. "Du har ju hela livet framför dig."

"Jag hoppas det," svarade Chamali, rodnande en aning men fortfarande leende. Sumudu sa något mer på singalesiska, och Chamali översatte: "Mamma säger att hon är stolt över mig ändå, trots att jag bara har militären som mitt sällskap!" Vi skrattade alla tillsammans, och jag kände värmen och närheten strömma genom skärmen.

Stämningen lättades, och samtalet gled in i småprat om vardagen, familjelivet och framtiden. Jag kände hur hjärtat fylldes av en oväntad försoning – trots alla år som gått fanns det fortfarande en stark förbindelse mellan mig och den lankesiska familjen. Det var en känsla av hemkomst, även om jag befann mig på andra sidan jorden.

2004-12-22
Mirissa, Sri Lanka

En dag, när Dilan tyckte att vi var redo för ett äventyr, föreslog han att vi skulle besöka en ormfarm som låg uppe i bergen, en plats han själv hade besökt flera gånger då han kände mannen som drev stället. "Det är en speciell plats," sa han med ett småleende. "Inte för den lättskrämde, men jag tror ni kommer tycka att den är intressant."

Nyfikenheten tog över, och vi bestämde oss för att göra resan upp i bergen. Färden tog oss genom en frodig djungel, där trädkronorna sträckte sig högt upp mot himlen och solen endast fläckvis nådde marken. Luften blev svalare ju längre vi reste, och det var en välkommen kontrast mot värmen längs kusten. Vägen slingrade sig genom den täta grönskan, och vi kände hur vi kom allt längre bort från strandens lugn och in i en annan värld.

När vi kom fram till ormfarmen möttes vi av en märklig syn. Den låg gömd i djungeln, omgiven av grönskande träd och slingrande lianer, men själva farmen verkade sliten, nästan förfallen. Byggnaden var enkel, gjord av trä som såg ut att ha stått emot både väder och tid i decennier. Vid ingången väntade ägaren, en mager man med grova händer och djupt inpräglade bitmärken på armarna och halsen, spår av ett liv nära farliga djur.

"Välkomna!" ropade han med en skrovlig, men entusiastisk röst. Han hälsade på oss som om vi var gamla vänner och bad oss följa med honom in i farmen. Inuti var det nästan som ett museum över faror. Små trälådor och fågelburar, fyllda med ormar som rörde sig långsamt eller låg hoprullade, fanns överallt. Lukten av fuktig jord och reptiler hängde tungt i luften. Ormarna stirrade på oss genom hönsnätet med kalla, outgrundliga ögon.

"Min far började med denna farm," sa han stolt och pekade på en gammal, gulnad bild som hängde på en av väggarna. Bilden föreställde en kraftigare version av mannen framför oss, med samma grova händer och bestämda blick. "Han var en av de första i Sri Lanka som började arbeta med att utveckla motgift mot ormbett."

Vi lyssnade medan mannen berättade hur hans far hade ägnat sitt liv åt att studera ormar och deras gift. "Min far brukade säga att vi är som ormarna själva. Vi lever sida vid sida med faran, men med rätt kunskap och respekt kan vi överleva." Han såg sig omkring med en blick som fångade hela rummet, och varje bur tycktes påminna honom om sin far.

Han fortsatte: "Min far uppfann motgiftet för många år sedan, och det räddade otaliga liv. Han reste runt i landet och sålde motgift till sjukhus och läkare, och han blev en hjälte här i bergen innan olyckan tog honom."

"Vad hände?" frågade Olof med stora ögon. Hans fascination för ormar lyste igenom.

"Som livet ofta är, var det ironiskt nog ormen som tog honom." svarade mannen och log, men det fanns en sorg bakom leendet. "En natt, under ett experiment, blev han biten av en mycket giftig kobra. Han var ensam, och innan han kunde få tag på sitt eget motgift... så tog ormen hans liv."

Vi stod där, tysta och nästan stilla, med den enorma historien hängande i luften. Mannens ord ekade i våra huvuden – en livstid av att förstå och kontrollera en dödlig fara, bara för att bli offer för samma fara han försökt bekämpa.

Men trots förlusten hade sonen fortsatt sin fars arbete. "Vi har fortfarande motgift," sa han och pekade på en hylla full av små flaskor. "Det har räddat mitt liv mer än en gång. Ormarna är inte våra fiender, men de är heller inte våra vänner. De gör vad de är skapade för att göra."

Efter att ha gått runt och tittat en stund lät mannen mig hålla en enorm anakonda. Dess kalla, tunga kropp hängde runt mina axlar, och jag kunde känna den svaga rörelsen av musklerna under dess fjäll. Jag stod stel av både förundran och rädsla, medan pappa tog ett foto. "Den är inte farlig," sa mannen med en blinkning. "Den bits inte."

Trots hans lugnande ord fanns det något obehagligt med hela upplevelsen. Ormarna, med sina kalla, tysta närvaro, kändes som en påminnelse om att faran alltid lurade, även i de mest stilla stunderna. De gamla bitmärkena på mannens armar var som ett tyst vittnesmål om hans egen livssträvan – att förstå och överleva i en värld fylld av både skönhet och faror.

Stämningen i taxin var lite dämpad när vi långsamt rullade nerför den slingrande vägen genom djungeln. Träden stod tätt, och ljuset från den nedgående solen bröt igenom lövverket i smala strimmor. Skogen omkring oss kändes plötsligt mycket mer levande efter besöket på ormfarmen, som om vi nu kunde känna den råa kraften i varje gren och varje ljud som kom från djupet av träden.

Plötsligt saktade taxin in, och jag ryckte till ur mina tankar. Chauffören muttrade något och stannade helt. Framför oss hade en tuktuk stannat, och några människor stod längre bort vid vägkanten och diskuterade intensivt. Vi såg hur de gestikulerade.

Taxichauffören stängde av motorn, öppnade dörren och klev ut med ett djupt andetag. "Jag ska se vad som händer," sa han och gick fram mot folkgruppen längre fram. Vi följde honom med blicken, och när han vinkade åt oss att komma närmare, öppnade vi dörrarna och steg ur.

Vi närmade oss långsamt och försökte se vad som pågick. Chauffören mötte oss halvvägs och med ett litet skratt pekade han framåt. "Kom och titta," sa han. "Men gå inte för nära."

Vi gick fram till de andra människorna, och där, mitt på vägen, låg en enorm varan, utsträckt som en levande barriär som ingen vågade passera. Den var så stor att den nästan såg overklig ut, och dess långa kropp verkade smälta samman med den mörka jorden under den.

Människorna diskuterade ivrigt på singalesiska, och en äldre man i folkmassan skakade långsamt på huvudet. Det var tydligt att ingen riktigt visste vad de skulle göra. Varanen låg där, fullständigt obrydd av den växande gruppen människor som samlades omkring den.

Taxichauffören berättade att varaner ofta rör sig långsamt över vägar i djungelområden och ibland kan stoppa trafiken i flera timmar. "De är inte farliga om du håller avstånd," sa han. "Men man får aldrig komma för nära. De kan vara oberäkneliga och bli aggressiva om de känner sig hotade."

"Den är stor," sa pappa med en låg röst. Vi höll ett säkert avstånd, precis som chauffören hade sagt. "Det ser ju nästan ut som en dinosaurie" fortsatte han och studerade djuret med en blandning av fascination och respekt.

Olof, som enligt mig är en riktig reptil-nörd, visste betydligt mer om varaner än resten av familjen. Han började ivrigt berätta att varan tillhör en familj av ödlor, Varanidae, och finns i många delar av världen, inklusive Asien, Afrika och Australien. Den art som vi nu mötte var sannolikt en bengalvaran enligt Olof, en av de största ödlearterna på Sri Lanka. Dessa varaner kan bli över två meter långa och är främst köttätare, även om de också äter frukt och insekter.

"Bengalvaranen är känd för sin långsamma och majestätiska rörelse och förmågan att snabbt försvara sig om den känner sig hotad" fortsatte Olof. "De har kraftiga klor och en stark svans, som de använder både för att försvara sig och för att klättra i träd eller gräva. Trots sin storlek är de ofta skygga och föredrar att undvika kontakt med människor så detta ser man nog inte så ofta."

"Varaner är också utmärkta simmare och kan ofta ses nära vattenkällor. De har en imponerande anpassningsförmåga och kan överleva i både torra och fuktiga miljöer. Även om de inte är lika farliga som vissa andra reptiler, bör man ändå

vara försiktig, särskilt om de känns instängda eller hotade."
Olof avslutade sin föreläsning och fortsatte fascinerat att
studera den enorma ödlan på vägen.

Varanen låg där, orubblig, som om den inte brydde sig det
minsta om vår närvaro. Dess mörka ögon blinkade långsamt,
och den vände sitt stora huvud mot oss, som om den
övervägde att flytta på sig, men bestämde sig för att stanna
kvar. Det fanns ingen brådska, ingen stress – bara ett lugn
som genomsyrar hela scenen.

Människorna omkring oss började småprata och skratta. Det
var som om de visste att det inte fanns något att göra förutom
att vänta. "Den flyttar sig när den är redo," sa taxichauffören
med ett lättsamt skratt. "Och vi får helt enkelt vänta på att den
bestämmer sig."

Vi stod där och betraktade varanen, som om den
representerade naturens stillhet och tidens långsamhet. Inget
kunde tvinga den att flytta på sig, och ingen vågade komma
nära nog för att försöka. Naturen hade sina egna regler här,
och vi var bara gäster i dess rike.

Vi stod där och väntade, fascinerade av den stora varanen
som låg utsträckt över vägen. Den rörde sig inte en
millimeter, trots att fler och fler människor samlades för att se
vad som pågick. Chauffören berättade för oss att det var
vanligt att varaner tog över vägarna så här i djungelområden.
"De bestämmer när vi kan fortsätta," sa han med ett skratt.
"Det finns inget vi kan göra åt det."

Vi alla väntade, nästan som om vi var en del av naturens egen
rytm, stilla och tålmodiga. Människorna runt omkring oss

verkade också förstå att detta var något man inte kunde forcera. Tiden hade saktat ner, och vi såg på när varanen blinkade långsamt och orörligt låg kvar mitt på vägen. Det var något majestätiskt i dess totala ignorans mot vår närvaro, som om den hade hela dagen på sig att göra vad den ville.

Plötsligt hördes ett högt tutande längre bort på vägen, och vi alla vände oss mot ljudet. En stor buss närmade sig från andra hållet, och när den kom närmare började föraren blinka med strålkastarna och tuta igen. Människorna runt oss ryggade bakåt, och varanen reste långsamt sitt huvud, störd av det plötsliga ljudet. Busschauffören tutade en tredje gång, ännu mer intensivt den här gången, och varanen började motvilligt röra sig. Den svepte sin stora kropp i en båge och började långsamt dra sig mot vegetationen vid vägkanten, med blicken fortfarande riktad mot bussen som nu närmade sig allt mer.

"Nu gör han fel," muttrade vår taxichaufför bredvid oss, och jag kunde höra en aning av irritation i hans röst. "Man ska aldrig ha så bråttom att man retar upp naturen."

Vi stod tysta medan varanen till slut försvann in i buskarna. Bussen rullade fram, tutade en sista gång och körde förbi oss i ett moln av damm. Folkmassan skingrades, men vår taxichaufför stod still och tittade efter bussen med ett bekymrat uttryck. Han skakade långsamt på huvudet.

"De tror att de kan styra allt med ljud och hastighet," sa han och såg uppgivet mot oss. "Men naturen, den har sitt eget humör. Och när man stressar den, då kan den slå tillbaka." Han tände en cigarett och blåste långsamt ut röken. "Man måste ha respekt för djungeln och dess invånare. Man får aldrig ha så bråttom att man gör naturen ilsken."

Vi satte oss i taxin igen, men chaufförens ord hängde kvar i luften. Hans varning om att naturen kunde slå tillbaka om man inte visar den respekt kändes plötsligt som en underliggande sanning, något vi alla borde tänka på, även om jag inte visste hur.

När vi fortsatte vår färd genom den gröna djungeln, blev skogen plötsligt tystare. Jag kunde känna hur vi alla delade samma känsla – att vi just fått en liten glimt av hur naturen styrde världen här, och hur människors otålighet ibland kunde rubba den stilla balansen.

NIO

Jag märkte snart att mina barn började bli mer och mer nyfikna på kvinnorna på andra sidan skärmen. De var ivriga att prata, men deras engelska var fortfarande väldigt begränsad. Jag skrattade åt deras försök att ställa frågor till Chamali och Sumudu och tog på mig rollen som tolk för att underlätta samtalet.

"Mamma, fråga om hon har ett husdjur," bad min yngsta dotter och kastade ett nyfiket öga mot skärmen.

"Do you have any pets?" översatte jag till Chamali.

Chamali skrattade och skakade på huvudet. "No, we don't have any pets. But we do have plenty of wildlife around here, monkeys and birds especially."

Barnen fnissade fascinerat. "Wow, apor! Fråga om de har apor som bor nära huset!"

"Are there monkeys living near your house?" fortsatte jag och kastade ett roat ögonkast mot skärmen.

"Yes, sometimes they come very close," svarade Chamali och pekade ut mot fönstret. "We have to be careful, they like to steal food."

Jag översatte igen. och barnen blev överförtjusta och började prata i munnen på varandra. "Kan vi hälsa på? Kan vi se aporna?"

Jag skrattade och översatte deras ivriga frågor till Chamali, som log och nickade. "Självklart, ni är alltid välkomna. Aporna väntar."

Sumudu sa något på singalesiska, och Chamali nickade glatt. "Mamma säger att ni måste hälsa på snart," översatte Chamali med ett leende.

Det knöt sig på nytt i magen. Tankarna började snurra. Skulle jag verkligen klara av att återvända? Att stiga på ett flyg igen, landa på samma plats, känna dofterna, höra ljuden – det var en sak att prata över en skärm, trygg i mitt eget hem, men att återvända skulle vara något helt annat.

Jag försökte skaka av mig den känsla som långsamt höll på att växa inuti mig. Det var ju inte bara resan tillbaka till Sri Lanka, det var också att möta allt igen – alla minnen, alla känslor som jag länge försökt trycka undan. Skulle jag orka? Skulle jag kunna möta det som hände, eller skulle allt rasa igen? Men mitt i denna virvel av känslor, när jag mötte Chamalis förväntansfulla blick, visste jag att jag inte kunde säga nej.

"Ja, vi kommer snart," hörde jag mig själv säga med ett leende som inte riktigt nådde ögonen. Jag försökte dölja min tvekan för barnen, *som nu tittade nyfiket på mig, och för Chamali, som såg uppriktigt glad ut över löftet.*

Jag kände klumpen i magen växa. "Det kommer bli bra," försökte jag intala mig själv i tankarna. Jag måste åka tillbaka ... för deras skull, för min egen skull.

2004-12-24
Mirissa, Sri Lanka

Julafton kom, och även om vi var långt från den traditionella svenska julen, med snö och kyliga vindar, så fanns det ändå något magiskt med att fira jul på en paradisstrand på ön Sri Lanka. Det var något i den mjuka, varma brisen, det stillsamma bruset från havet och de vajande palmerna som fick allt att kännas annorlunda, men ändå lika speciellt som hemma. Solen sken på ett sätt som nästan kändes heligt den dagen, som om även den ville ge oss en julgåva.

Tidigt på julaftons morgon, precis när vi trodde att alla bungalower var fulla, rullade en skramlig taxi upp framför den lilla resorten. Ur taxin klev en svensk familj, och vi tittade förvånat på varandra när vi såg att de hade två barn i ungefär samma ålder som Olof och mig. Mamman, som hette Agneta, log brett och ropade "God jul!" när hon klev ur taxin. Pappan, Erik, såg lite mer trött ut efter den långa resan, men även han hälsade glatt när vi möttes.

Agneta och Erik hade, liksom våra föräldrar, bestämt sig för att resa bort från den svenska vintern och spendera en annorlunda jul på Sri Lanka. Deras dotter, Sofia, var i min ålder, och vi klickade direkt. Hon hade långt, ljust hår och bar en blommig klänning som fladdrade i den varma vinden. Hennes bror, Emil, var något äldre än Olof och en aning tystare, men jag kunde se att Olof snabbt fann en vän i honom.

Nu var alla bungalower fulla, och det kändes som om resorten verkligen hade vaknat till liv. Trots att vi alla kom från olika delar av världen, delade vi en gemenskap som gjorde julafton speciell och intim. Det var en känsla av att vi alla var här för att fira tillsammans, även om vi var främlingar för varandra.

Vid lunchtid, efter att ha slappat en stund i våra hängmattor, bestämde vi oss för att gå på en liten upptäcktsfärd. Dilan hade tidigare berättat om ett litet bergsområde alldeles bakom resorten, och vi blev nyfikna. Tillsammans med den svenska familjen började vi vår lilla expedition. Det var inget stort berg, men för oss kändes det som ett riktigt äventyr. Vi klättrade över stenar och snår, lyssnade på ljuden från djungeln och skrattade åt våra klumpiga försök att ta oss fram över den ojämna terrängen.

Sofia och jag gick först och skämtade om att vi var riktiga upptäcktsresande, medan Olof och Emil försökte imponera genom att klättra upp på de högsta stenarna de kunde hitta. För varje steg vi tog högre upp i berget kändes det som om vi kom längre bort från världen, längre bort från all stress och alla förväntningar. Det var bara vi, naturen och den tysta gemenskapen som växte fram mellan oss.

När vi nådde toppen av den lilla kullen, öppnade sig en fantastisk utsikt över den oändliga blå horisonten. Nedanför oss sträckte sig stranden som ett tunt vitt band längs med det turkosa vattnet, och vi kunde se bungalowerna som små prickar längs kustlinjen. Vi satt tysta en stund, beundrade utsikten och njöt av känslan av att vara på toppen av världen, om så bara för en stund.

Senare på eftermiddagen återvände vi till bungalowerna, trötta men nöjda efter vår lilla expedition. Det var som om luften var fylld av förväntan, som om vi alla visste att kvällen skulle bli speciell. Dilan och Amara hade bestämt sig för att göra något minnesvärt för oss den kvällen, eftersom de visste att vi firade på julafton och inte på juldagen som de flesta andra. När solen började sjunka mot horisonten och färgade himlen i varma toner av rosa och orange, förberedde de en riktig festmåltid. De hade samlat färska musslor från havet, som de grillade över öppen eld, och ställde fram Singha, den lokala lankesiska ölen, på borden. Doften av grillat fyllde luften och fick våra magar att kurra.

Borden var uppställda direkt på stranden, bara några meter från vattnet. Det fanns ingen julgran, inga julklappar och inga julsånger, men stämningen var lika varm och fylld av gemenskap som vilken jul som helst hemma i Sverige. Dilan och Amara hade ansträngt sig för att göra kvällen speciell för oss, och det kändes verkligen som om vi firade något stort och betydelsefullt tillsammans, trots att vi befann oss så långt bort från våra vanliga traditioner.

Efter middagen samlades vi runt en liten brasa på stranden. Det var något nästan magiskt med att sitta där i skenet från lågorna, med ljudet av vågorna som slog mot stranden och stjärnorna som glittrade över oss. Vi pratade om våra hem, våra resor, och alla de märkliga och vackra saker vi hade sett under vår tid på Sri Lanka.

Dilan berättade historier om hur han och Amara hade byggt upp sin lilla resort bit för bit, och hur deras dröm var att skapa en plats där människor från hela världen kunde komma och hitta lugn och ro. Det var tydligt att de älskade det liv de byggt, och deras passion smittade av sig på oss alla. Vi njöt allihop av kvällens fridfulla stämning. Det fanns en sådan lätthet i luften, en känsla av att allt var precis som det skulle vara. Ingen stress, inga krav – bara en enkel och vacker julkväll på en strand långt borta från allt.

Den natten, mellan julafton och juldagen, kände jag mig fullständigt avslappnad. Jag hade knappt en tanke på vad som väntade mig där hemma, eller vad som skulle komma nästa dag. Det var som om tiden stod stilla, och allt som betydde något var nuet, den stunden på stranden med mina nya vänner och den varma brisen från havet som svepte över oss.

Men när natten kom sov jag oroligt. Trots den lugna och glada stämningen under vår gemensamma julmiddag, och den stilla tystnaden som vilade över stranden, var det något som gnagde i mig. Kanske var det alla berättelser om ormarna och varanens långsamma, orubbliga närvaro dagen innan som hade rotat sig i mitt medvetande. Jag visste inte varför, men när jag till slut föll i sömn, blev min natt fylld av drömmar – och en märklig mardröm grep tag i mig.

Jag befann mig plötsligt tillbaka i bergen där vi hade varit dagen innan. Den fuktiga djungeln omslöt mig, och jag kunde känna värmen från marken stiga upp genom mina fötter. Allt var så stilla, som om naturen höll andan. Men plötsligt förändrades allt. Djuren, som tidigare varit så tysta och nästan osynliga, började bete sig märkligt. Först hörde jag bara små ljud – rassel i buskarna och låga morranden i fjärran. Men ljuden växte snabbt till ett kakofoniskt oväsen. Fåglar skrek från trädtopparna, deras skrin skar genom den tjocka djungel-luften, och marken under mig började vibrera som om något stort och osynligt vaknade.

Jag såg mig omkring, och plötsligt var vi inte längre ensamma. Djuren verkade komma från alla håll – ormar, varaner, apor, till och med små insekter – alla rörde sig snabbt och desperat. Det var som om djungeln själv hade blivit galen. Jag kunde höra deras panik i de högljudda skriken, och det var som om hela naturen försökte varna mig för något. Jag ville springa, men mina ben kändes tunga, fast som i gyttja.

Då, ur ingenstans, hördes ett djupt mullrande ljud. Marken började skaka kraftigt under mina fötter, och jag såg hur djungelväxterna, som tidigare stod stilla, svajade våldsamt. Plötsligt såg jag det – en väldig våg av glödande lava som rullade fram genom djungeln som en het, pulserande flod. Det var en våg som inte kunde hejdas, och den svepte med sig allt i sin väg.

Paniken grep tag i mig. "Vi måste upp! Vi måste klättra!" skrek jag, men mina ord drunknade i det öronbedövande dånet av lavan som närmade sig. Jag såg hur lavan slickade marken, brände trädstammarna till kol och fick stenarna att spricka under sin intensiva hetta. Värmen var så stark att den kändes som om den sög luften ur mina lungor.
Vi sprang, jag, Olof, mamma och pappa, och plötsligt fanns där stora stenblock framför oss. Vi började klättra upp på dem, desperata att rädda oss undan den kokande lavan som

fortsatte att närma sig. Jag kunde känna hur stenen under mina händer blev varmare för varje sekund, och det var som om lavan skulle nå oss när som helst. Djuren, som hade verkat vara galna förut, klättrade nu upp bredvid oss på stenarna, som om vi alla kämpade för samma sak – att överleva.

Men lavan kom närmare. Den slukade allt i sin väg, och det var som om hela djungeln smälte bort under oss. Jag kände mig instängd, utan någonstans att ta vägen, medan lavan hotade att dra oss med sig ner i sitt flammande djup. Svetten rann nerför mitt ansikte, och jag kunde känna hur min kropp stelnade av skräck.

Plötsligt vaknade jag, flämtande och med hjärtat bultande hårt i bröstet. Mörkret i rummet omslöt mig, och det tog några sekunder innan jag insåg att jag bara hade drömt. Men känslan av fara fanns kvar. Det var som om naturen hade försökt berätta något för mig i drömmen, en varning om att något stort var på väg att hända.

Jag låg där en lång stund, stirrade ut genom fönstret och försökte skaka av mig den konstiga känslan. Utanför hördes det dämpade ljudet av vågor som rullade in mot stranden, och allt var tyst och fridfullt. Jag låg och lyssnade på ljudet från vågorna länge, länge innan jag åter föll i sömn.

TIO

När samtalet avslutades satt jag kvar med telefonen i handen en stund. Skärmen var mörk nu, och tystnaden i rummet kändes påtaglig efter de livliga rösterna och skratt som nyss fyllt huset. Utanför fönstret hördes ljudet av regnet som trummade mot fönsterrutan, och en plötslig känsla av tomhet svepte över mig. Det var som om något stort och tungt just hade lyfts fram från ett mörkt hörn i mitt minne, och nu satt jag där med alla känslor som hade varit nedtryckta i så många år. Skulle jag verkligen våga åka tillbaka? Kunde jag verkligen hantera det?

Huset omkring mig var tyst nu. Barnen sov efter att min man lagt dem, och jag visste att han snart skulle komma tillbaka för att se hur jag mådde efter samtalet. Jag tänkte tillbaka på tiden på Sri Lanka, på vår oväntade vänskap med familjen där, på allt vi delade. Jag tänkte på surfkillarna, stranden, den enkla men vackra tillvaron i paradiset innan katastrofen slog till. Jag tänkte på Dilan och Amara och på hur de kämpat med att bygga upp sitt paradis.

Men mest av allt tänkte jag på Chamali. Hur livet hade fört oss i så olika riktningar, hur vi en gång delat en extremt intensiv och kaotisk tid tillsammans och sedan försvunnit ur varandras liv. Och nu, efter alla dessa år, hade vi hittat tillbaka till varandra, om än genom en skärm. Var det ödet som förde oss samman igen? Eller var det något annat, en skuld eller ett ouppklarat kapitel som jag aldrig riktigt kunnat släppa?

Jag reste mig och gick långsamt genom vardagsrummet, där leksaker låg utspridda över golvet. Barnens små röster och skratt från tidigare på dagen ekade i mitt minne. Jag gick mot fönstret och såg ut på det svenska höstlandskapet – regnet föll tungt och trädens löv hade börjat skifta i gult och rött. Sverige. Så annorlunda jämfört med Sri Lanka. Här fanns allt jag kände till, allt jag byggt upp – min familj, mitt hem, mitt jobb. Men det fanns också något annat, en del av mig som alltid varit kvar i det förflutna, i de där kaotiska dagarna på andra sidan jorden.

Min man kom in i rummet och ställde sig vid min sida. "Hur gick det?" frågade han, med den där varma blicken som alltid lugnade mig.

Jag skakade på huvudet, osäker på hur jag skulle svara. "Det gick bra. Det var... överväldigande."

"Tror du att du kommer åka dit?" Han ställde frågan försiktigt, men med en antydan om att han visste vad svaret skulle bli.

Jag suckade djupt. "Jag vet inte. Jag lovade det. Men... jag vet inte om jag klarar det."

Vi stod tysta en stund och tittade ut i mörkret tillsammans. Regnet fortsatte att smattra mot fönstret, och mina tankar virvlade runt

*som löven utanför. Jag var rädd för vad ett återvändande skulle
innebära. Skulle jag möta dem som den person jag är idag eller som
den jag var då. Skulle stressen, rädslan, sorgen och skammen
återvända när jag kom dit.*

2004-12-25
Mirissa, Sri Lanka

Juldagen var en dag då ingen hade bråttom. Efter den gemensamma frukosten vid stranden, där solen redan började stiga högt på himlen, gjorde vi inte många knop. Värmen var behaglig, och havet lockade med sina inbjudande vågor. Det var som om världen hade saktat ner, och vi alla delade samma känsla av lättsamhet och frihet.

Vi började dagen med ett dopp i det kristallklara vattnet, som svalkade våra solvarma kroppar. Vågorna var små och behagliga, perfekta för oss nybörjare att fortsätta öva på surfingen. Pierre, den franska surfaren, hjälpte oss och de andra gästerna att förbättra våra tekniker. Han hade en smittande entusiasm och tålamod som gjorde att vi alla kände oss som proffs, även om våra försök att stå upp på brädorna ofta slutade med att vi tumlade in i vattnet med skratt.

Efter surfingen samlades vi på stranden för en vänskaplig beachvolleybollmatch. Alla var med – både vuxna och barn – och det var lika delar tävling och lek. Vi skrattade högt när bollen flög för långt, och även om reglerna inte alltid följdes till punkt och pricka, var stämningen full av glädje och samhörighet. Till och med Ravi, kocken, var med och visade sig vara en skicklig spelare och ropade uppmuntrande till oss när vi kämpade för att hålla bollen i luften.

De andra gästerna, inklusive den svenska familjen och den äldre brittiska damen Margaret, tittar på från skuggan av en palm och applåderar varje gång någon gör poäng. Det blev en dag fylld av lek, skratt och ren livsglädje. Vi var alla långt hemifrån, men det kändes som om vi var omgivna av vänner, och stranden blev vår gemensamma lekplats.

När eftermiddagen övergick i kväll, började stranden långsamt tömmas. Vi satte oss ner för att vila efter all aktivitet, och himlen började skifta färg från blått till orange, rosa och lila. Den varma luften fylldes av ljudet av vågorna och de dämpade rösterna från andra gäster som sakta drog sig tillbaka till sina bungalows.

På kvällen kom Dilan och Amaras två barn på besök. Deras son och dotter, båda i 25-årsåldern, hade rest från Colombo för att fira juldagen med sina föräldrar. De hade vuxit upp på den här stranden och även om de numera bodde i Colombos myller, kändes det som om havet och denna plats var en del av deras själar.

"Det känns alltid som att komma hem när vi är här," sa dottern, en ung kvinna med samma varma leende som sin mor. Hon tittade ut över havet och suckade lätt. "Inget i staden kan jämföras med detta."

Vi samlades alla på stranden den kvällen. Bord och stolar var uppställda i en cirkel, och belysningen kom från små lyktor som hängde i träden och från de stjärnor som tindrade över oss. Barnen lekte i sanden medan de vuxna pratade och skrattade över maten. Pierre och Sophie berättade historier från sina resor, Margaret bjöd på skrönor om sina tidigare äventyr, och den svenska familjen delade med sig av sina jultraditioner hemifrån.

Dilan och Amara rörde sig runt bland oss, serverade mat och såg till att vi alla hade det vi behövde. Det var något med deras närvaro som kändes som en del av själva platsen – deras lugn, deras värme. De var inte bara ägare av den lilla resorten; de var själen bakom hela upplevelsen.

När kvällen fortskred, sjönk vi alla djupare in i en känsla av lugn och frid. Det var som om världen utanför inte existerade längre, som om tiden hade stannat. Ljudet av vågorna, det mjuka sorlet från samtalen och det varma ljuset från lyktorna skapade en atmosfär som vi alla skulle bära med oss för alltid.

Och trots att vi befann oss på en tropisk ö, långt från julgranens ljus och snötäckta gator, kändes det som en av de mest minnesvärda jular vi någonsin upplevt. Vi firade tillsammans, som en brokig grupp av främlingar som förvandlades till vänner, förenade av gemenskapen på denna lilla plats vid havet.

Vi pratade om våra olika jultraditioner, och Dilan och Amaras barn berättade historier från sin barndom vid stranden, om hur de brukade leka i sanden och lära sig simma i de små vikarna.

"Vi älskade att spela beachvolleyboll här som barn," sa sonen och kastade en blick mot beachvolleybollnätet som fortfarande stod uppe. "Det verkar som om ni håller traditionen vid liv."

Natten sänkte sig långsamt över stranden, och det fanns en känsla av samhörighet som låg tung i luften. Vi satt där länge, pratade och skrattade, och tiden flöt iväg utan att någon egentligen tänkte på den. Det var som om själva havet hade en lugnande effekt på oss, och vi var alla insvepta i ett ögonblick av fullständig frid.

ELVA

Jag satt i fårskinnsfåtöljen som jag några år tidigare ärvt från min farmor. Jag satt där insvept i en filt, med kaffemuggen mellan händerna och stirrade ut i mörkret utanför fönstret. Klockan var 4 på morgonen och den kalla svetten från drömmarna kändes fortfarande klibbig mot huden, som en påminnelse om något ofärdigt, något som pockade på min uppmärksamhet.

Jag försökte andas djupt, lät kaffedoften omsluta mig, men hjärtat slog fortfarande hårt mot bröstet. Tankarna vandrade tillbaka till kvällen innan, samtalet med Chamali, som öppnat en låda med minnen som jag så länge undvikit.

Min blick följde konturerna av de välbekanta detaljerna i huset – det där rummet med de stora fönstren som jag hade envisats med, de höga väggarna och de öppna ytorna. Det var jag som hade designat allt och min man hade uppmuntrat mig. Tillsammans med familj och nära vänner hade vi sedan lagt oändligt mycket tid och kraft på att förverkliga det som tidigare bara varit en skiss på ett papper.

Vi hade byggt vårt hem tillsammans, ett projekt fyllt av skratt, frustration, svett och tårar, och jag tänkte ofta tillbaka på de som undrat över mitt mod att ge mig in i något så stort och osäkert. Hur vågade jag kasta mig in i sådana här projekt?

En lätt suck lämnade mina läppar. "Jag har fått en andra chans att prova på allt," tänkte jag och såg min egen reflektion i glaset, en skepnad mot det mörka landskapet. Och det hade jag gett mig tusan på att göra. Jag hade gått genom livet med attityden att ingenting är omöjligt. Modigt enligt vissa och kaxigt enligt många.

Jag brydde mig egentligen inte så mycket om vad folk tyckte. Jag hade överlevt, tagit mig tillbaka till en plats där livet åter kunde byggas och jag hade gett mig tusan på att kämpa. Kanske var det därför jag vågade ge mig in i så mycket – för att jag redan hade sett det värsta, känt dödens närvaro, och kommit ut på andra sidan. Jag hade intalat mig att jag inte fick gå miste om en sekund utan skulle testa allt. Och testat allt hade jag verkligen gjort.

Jag hade märkligt nog varit helt orädd i de projekt och äventyr jag tagit mig för genom åren. Jag vågade sådant som andra sa var dumdristigt, jag hade slängt mig utför vattenfall och flygplan, balanserat längs med klippväggar, paddlat vid krokodiler, snorklat med hajar och gett mig ut på havet i alldeles för stormigt väder. Jag vågade alltid testa på nya saker och jag hade gjort halva Sveriges snickarkår upprörda då jag stått i TV och sagt "Hur svårt kan det vara?" när jag designat och byggt mitt eget hus (trots att jag saknade utbildning). Jag kastade mig ut i allt från privatliv till arbete. Dumdristigt? Kanske, men det hade gjort att jag känt mig levande. Jag levde varje minut, varje sekund.

Inget hindrade mig! Men nu började jag vackla. Det kändes som att jag sögs in i ett svart hål på nytt.

Den 26 december var vi redo att lämna Mirissa. Vi hade planerat att ta en tidig buss till Matara och sedan fortsätta längs Sri Lankas östkust. Vi ville utforska mer av landet, se platserna vi hört så mycket om, men visste också att vissa delar av landet var off-limits. Norrut, i synnerhet, kunde vi inte resa för långt. Oroligheterna med Tamilska tigrarna – de hade påverkat Sri Lanka under flera decennier, och landet kändes fortfarande präglat av konflikten. För oss var det en begränsning, men för de människor vi mötte var det en pågående verklighet, något som de anpassat sina liv kring i åratal.

Jag minns hur pappa förklarade vad konflikten handlade om när vi packade våra ryggsäckar tidigare samma morgon. Han berättade om hur spänningarna hade sina rötter i kolonialtiden på 1800-talet, när britterna styrde och gav särskilda förmåner till tamilerna – en minoritet på Sri Lanka. De bästa utbildningarna, offentliga jobben, privilegier som satte tamilerna i en position som den singalesiska majoriteten skulle komma att ogilla starkt. När Sri Lanka blev självständigt från Storbritannien 1948, blev dessa historiska motsättningar grunden för konflikt. Den singalesiska majoriteten började införa lagar och reformer som isolerade tamilerna, exkluderade dem från utbildning och möjligheter, vilket bara väckte mer ilska och frustration.

Jag försökte förstå omfattningen av det pappa berättade – att dessa spänningar hade pågått så länge att de tamilska politikerna till slut börjat kräva en egen stat. Konflikten hade fått ett namn, och en rörelse hade formats för att slåss för den:

Tamilska tigrarna. Rörelsen, officiellt kallad LTTE, startade 1976 och kämpade för en självständig tamilsk stat som de kallade Tamil Eelam. Den leddes av Velupillai Prabhakaran, en man som snabbt blev ökänd, inte bara på Sri Lanka utan över hela världen.

Pappa berättade om hur Tamilska tigrarna använde gerillakrigföring och andra brutala metoder för att bekämpa regeringen. Självmordsbombningar, politiska mord, barnsoldater – deras våld kände inga gränser, och deras kontroll sträckte sig över stora områden i norra och östra Sri Lanka. Områden som Jaffna-halvön blev deras fästen, och de byggde ett helt parallellt samhälle där – skolor, sjukhus och ett eget rättssystem.

När vi närmade oss Matara på bussen mindes jag också hur pappa nämnt att fredsavtalet från 2002, som Norge hade förhandlat fram, aldrig riktigt hade fått fäste. Vapenvilan hade brutits många gånger, och konflikten hade nu förvärrats av en splittring, då en hög befälhavare bröt sig loss från LTTE och tog med sig stora delar av styrkorna i östra Sri Lanka. Den splittringen hade försvagat rörelsen, men också gjort situationen ännu mer osäker för dem som levde där.

Ju närmare vi kom Matara, desto mer kändes tyngden av landets historia. Pappa sa inget mer, men hans allvarsamma ansikte sa allt. Det här var ett land där konflikterna fortfarande pyrde under ytan, trots alla försök till fred och försoning. Vi var resenärer, fria att röra oss mellan platser, men det fanns delar av Sri Lanka som vi, och många andra, aldrig kunde nå.

Bussen var överfull – idag var tydligen en stor högtid i Matara, och många reste in till staden just denna dag. Vi trängdes med hönsburar och andra resenärer. Trafiken var galen, och det kändes som om vi var en del av ett kaosartat flöde av människor och fordon som alla försökte nå sina destinationer.

Mitt i det myllrande folkhavet såg jag en gammal kvinna som försökte korsa vägen. Plötsligt kom en motorcykel farande och körde rakt på henne. Allting stannade upp för ett ögonblick. Människor samlades runt kvinnan, och trots att hon verkade vara okej, var det en skrämmande påminnelse om hur snabbt allt kunde förändras.

När vi anlände till busstationen i Matara hade vi lite tid över. Busstationen i Matara var byggd på pelare, vilket gav hela området en känsla av att vara upphöjt över marknivån. Bussarna körde in på den stora, öppna plattformen vid markplan, medan det ovanför, en trappa upp, var fullt av affärer och små butiker som sålde allt från kläder till frukt och drycker. Det fanns ett stort tegeltak som skyddade perrongen och affärerna ovanifrån, vilket gav stationen en känsla av att vara en egen liten värld, separerad från trafiken och kaoset nedanför.

På övervåningen kunde man känna hur den ständiga vinden från havet svalkade. Det gick en gångbro runt hela byggnaden så man hade god utsikt runt omkring. Vi gick upp och tittade ut mot havet. Där fanns en ö med ett märkligt tempel som sken som guld i solljuset. Det såg ut som att en smal väg upphöjd ur havet ledde ut till ön.

"Det där skulle vi utforskat" sa jag.

"Det får bli en annan gång" svarade pappa. "Även om vi har gott om tid så kommer vi aldrig att hinna ut dit och tillbaka innan vår buss går".

Vi beslöt oss för att leta upp bussen istället. Till slut hittade vi rätt buss och satte oss längst bak. Vi hade gott om tid innan avgången 09.30. Den stora klockan på stationen visade 09.00. Luften inne i bussen kändes tung och fuktig trots att vädringsfönstren stod öppna. Vi satt tätt ihop, i väntan på att resan skulle börja.

Det var en ständig rörelse runtomkring oss på stationen. Människor kom och gick, antingen för att resa vidare eller för att anlända och bege sig vidare bland trafikerade gator och trottoarer. Det var ett konstant, dämpat surr i luften, som påminde om en småstads marknad, men med en lättsam, vänlig känsla. Folk pratade och ropade till varandra, och det fanns en avslappnad energi som smittade av sig. Men efter ett tag märkte vi att stämningen utanför förändrades.

Samtalen runtomkring oss blev högre, människor började gestikulera och rörde sig snabbare mellan bussarna. Vissa såg oroliga ut, medan andra stirrade ut mot havet, som om de väntade på något. Vår buss stod stilla mitt i folkvimlet, och genom fönstren såg vi människor som började småspringa mellan fordonen och prata hetsigt på singalesiska. En sorts spänning låg i luften, men vi kunde inte riktigt sätta fingret på vad som pågick.

Mamma, som satt i sätet framför mig, sneglade ut genom fönstret och drog en djup suck. När några män började höja rösten och ropa åt varandra utanför, vände hon sig mot oss med en bekymrad min. "Det är nog en knarkrazzia," sa hon och lät faktiskt lite fascinerad. "Sånt här händer ibland har jag läst." Hon berättade hur Sri Lanka har hårda narkotikalagar och att polisen ofta genomför kontroller och razzior, särskilt på stationer och andra trafikerade platser.

Under resan hade vi alla hört om de stränga straffen för narkotikabrott i landet. Skyltar på flygplatsen varnade för fängelsestraff och till och med dödsstraff för smuggling, och vi visste att polisen kunde genomsöka både passagerare och bagage i jakt på förbjudna substanser.

Vi tittade ut genom fönstret och försökte få en uppfattning om vad som hände. Små grupper började samlas här och var, och några uniformerade män stod vid sidan av vägen och diskuterade med allvarliga ansiktsuttryck. Det var uppenbart att något hade förändrats. Stämningen blev alltmer upprörd, och fler och fler människor började springa mellan bussarna. Någon ropade till en annan, och snart höjdes rösterna till ett sorl. Vi hörde rop på singalesiska som vi inte förstod, men det stod klart att något oroade folkmassan.

Det var som om alla visste att något var på väg att hända, men ingen verkade veta exakt vad eller varför. "Vad är det som försiggår egentligen?" sa mamma, och vred sig i sätet för att få en bättre vy genom fönstret. Hennes ögon svepte över folkmassan utanför, förvirrade och letande efter ett svar. De uniformerade männen försökte få kontroll över situationen men verkade själva vara osäkra.

Plötsligt blev ropen högre, och när polismännen började blåsa i sina visselpipor samtidigt som dom sprang in mot staden slog paniken till på allvar. Det var som att ett larm startade ett kaos och människor började skrikande springa allt vad dom orkade in mot staden, bort från stranden. Olof, som satt bredvid mig, vände sig om och tittade ut genom det stora bakre fönstret på bussen. Han kisade mot havet som bredde ut sig där borta och mumlade nästan för sig själv: "Jag tror att det kommer en våg."

TOLV

Jag stirrade ner i kaffemuggen och såg hur ångan steg upp i tunna virvlar. Tankarna gick åter till Sri Lanka. Trots att det gått två decennier sedan den där dagen, var vissa känslor fortfarande lika råa. Det som slog mig nu, så tidigt på morgonen, var den orättvisa jag burit med mig sedan dess. Jag, min familj – vi hade kunnat lämna allt bakom oss och åka tillbaka till vårt trygga Sverige, lämna förödelsen och sorgen bakom oss utan att behöva stanna kvar i ett land som slets itu av förluster och nöd. Jag kunde inte föreställa mig hur tufft det varit för alla som var fast där. Saltvattnet som förstört så mycket och splittringen i landet som påverkades ytterligare av att människor var desperata att överleva. Våra pass och pengar hade varit biljetten hem, men för de flesta vi lämnat bakom oss fanns det inget "hem" kvar.

Känslan av skuld över min egen överlevnad har gnagt i mig länge, en skuld som ibland känns omöjlig att bära. Jag tänkte på Ruwan och hans familj som öppnade sitt hem för oss, som tog oss in i sina liv mitt i all förstörelse. De stannade kvar när vi kunde åka hem till tryggheten, till uppvärmda hus och överflöd. Jag minns de andra

*barnens blickar, hur de bara accepterade allt som hände runt dem,
som om katastrofen var en del av deras liv. Den där dagen när vi
vinkade farväl – jag visste inte då att jag skulle bära dem med mig
för alltid.*

*Att bygga mitt hus, att skapa mitt liv, var det mitt sätt att försöka
balansera vågskålen, att göra något meningsfullt av de år jag fått?
Var det därför jag alltid kämpade så hårt, för att bevisa – kanske för
mig själv, kanske för någon högre makt – att jag förtjänade den
andra chans jag fått, en chans som många andra aldrig fick?*

2004-12-26
Matara, Sri Lanka

En mamma tog sina två små barn i händerna och rusade ut
från bussen, och snart var det flera som gjorde samma sak.

Jag kände paniken stiga inom mig. "Vad ska vi göra?" frågade
jag med skakig röst, medan jag såg fler och fler springa ut ur
bussen.

Pappa skrek från sin plats längst bak: "Sitt kvar på bussen!
Vad ni än gör, stanna här och håll i er!"

Vi lyssnade på honom. Jag och Olof grep tag i sätena framför
oss med våra svettiga händer och försökte hålla oss lugna.
Men världen utanför bussen började rasa samman. En ung
man längre fram kastade sig ut genom dörren, bara sekunder
innan det hände.

Den första vågen slog till med en kraft som jag inte trodde
var möjlig. Vattenmassorna svepte in som ett obevekligt

monster, och bussen kastades som en leksak. Jag hörde ett högt krasande när bussen slungades rakt in i en av pelarna som höll upp övervåningen på busstationen. Allt skakade, fönsterrutor sprängdes och vi slets fram och tillbaka, men vi höll fast så hårt vi kunde.

Jag såg hur en kille i min egen ålder, som hade stått i mittengången utan att veta vad han skulle göra, slungades fram mot framrutan i bussen med en sådan kraft att han föll ihop på golvet. Jag kunde se blodet på hans ansikte när han reste sig, chockad och skräckslagen. Våra ögon möttes ett ögonblick, men innan jag hann reagera såg jag hur han slängde sig ut genom framdörren. Han hade ingen chans.

Utanför växte vågen sig ännu större och starkare, och allt som stod i dess väg blev ödelagt. Bussen, som nu var fastkilad mellan taket på stationen och en av pelarna, rörde sig inte längre, men paniken jag kände var rå och skär. Vad var det som hände? Skulle vi dö nu?

"Vi måste upp!" ropade pappa när vågen drog sig tillbaka något. Han hade klättrat ut genom dörren och stod nu med en fot på ett räcke utanför samtidigt som han kilat in foten i ett av de öppna vädringsfönstren på bussen. Det var en gammal, hög modell av buss, med små fönster som gick att öppna, och Olof kunde klättra upp genom att använda pappa som en stege. Pappa tryckte upp honom på busstaket. Det var högt, men han var snabbt uppe. När jag försökte följa efter nådde jag inte.

"Det går inte!" skrek jag i panik. "Jag kan inte!"

Pappa röt åt mig med desperation i rösten: "Du måste klara det här!" Han gav mig en knuff uppåt medan mamma kastade den lilla ryggsäcken till mig där vi hade alla pengar, passen och kameran. Jag tog på mig ryggsäcken och gjorde ett nytt försök.

Olof, som nu var på taket, skrek nedåt med panik i rösten: "Skynda dig! Det kommer en till våg!"

Han fick tag i min hand och drog med all sin kraft. Precis när jag tog mig upp på taket slog nästa våg till, ännu större och starkare än den första. Trots att busstationen låg högt över vattnet var förödelsen enorm.

Jag och Olof klamrade oss fast på taket medan allt runt omkring oss rämnade. Det kändes som om hela världen gick sönder, som om det här var slutet på allt vi någonsin känt till. Pappa syntes inte längre till. Han hade inte hunnit upp. Mamma hade varit kvar inne i bussen men nu nådde vattnet ända upp till busstaket. Om hon fanns kvar där så hade hon ingen luft.

Jag låg där på taket och undrade: Vad har jag gjort? Var det mitt fel att mamma och pappa nu var borta? Om jag hade varit snabbare upp på taket kanske de också hade hunnit klättra upp? Var de döda? Kunde det vara deras kroppar som jag ibland såg skymta förbi i vattnet?

Jag reflekterade inte över det då, men i efterhand har jag insett att min hjärna på något sätt stängde av. Allt omkring mig var kaos – vågor som slet med sig bilar och människor, min bror som skrek efter mamma och pappa, och vattnet som svepte över allt vi kände till. Men trots all den fysiska förödelsen, minns jag att det blev märkligt tyst. Det var som om världen runt mig förlorade sin röst, och jag var instängd i en bubbla av tystnad.

Där och då slutade jag tänka på allt runtomkring och började fokusera på en enda sak. Min bror. Min brors skrik var det enda jag kunde höra, det var som om allt annat hade stängts ute. Han ropade efter våra föräldrar, men vi kunde inte se dem någonstans. Det enda vi såg var vattnet som drog med sig allting, som suddade ut alla gränser mellan marken och havet. Vatten och förstörelse, men inga andra ljud.

TRETTON

Jag sitter fortfarande kvar i vardagsrummet, med den tomma kaffekoppen mellan händerna, och stirrar ut genom de stora fönstren. Solen börjar gå upp, men resten av familjen sover fortfarande. Det mjuka morgonljuset sprider sig sakta över rummet, men mina tankar är redan djupt försjunkna i en annan tid, en annan plats.

Minnet av den där dagen på Sri Lanka är för mig som en film där ljudet saknas, en stum, intensiv bildsekvens som jag alltid bär med mig.

Jag minns hur jag kände då – den förlamande skräcken, ovissheten. Bilderna är så starka: vattenmassorna som svepte in och ut, människorna som kämpade omkring mig, den provisoriska säkerheten på busstaket. Men vad som än hände i det ögonblicket hade min kropp på något sätt stängt av ljudet, nästan som om jag fick se allting utifrån. Jag såg allt, men hörde inget annat än min brors röst. Det enda ljudet i hela det kaotiska, förstummade landskapet.

När människor senare frågade mig om hur det lät den dagen – om vågornas dån eller människors rop – insåg jag att jag faktiskt inte kunde beskriva det. Jag såg allt i detalj men hörde inget annat än min brors skrik. Försökte jag förklara det för andra blev det som att återge en stum film, en film där jag själv bara reagerade utan att känna hela verkligheten. Jag såg alla dessa scener, men med ett slags distans – som om min hjärna stängt av vissa delar av upplevelsen för att skydda mig.

Det enda som bröt igenom var min brors desperata röst. Det var den som gav mig styrkan att hålla mig fast, att kämpa. Hans röst var som en livlina, min fasta punkt i en värld som var full av visuellt kaos men på något sätt ljudlös. Kanske var det precis det jag behövde – att fokusera på hans röst och stänga av allt annat för att kunna överleva.

Det sägs att hjärnan kan gå in i ett slags överlevnadsläge när den möter extrem stress – en skyddsmekanism som stänger av vissa sinnen, för att vi ska kunna ta oss igenom det värsta. Kanske var det precis vad som hände mig. Det som fanns kvar när jag kom ut på andra sidan var hans röst, och den räckte för att jag skulle minnas vad som höll mig vid liv, vad jag kämpade för.

Nu, när jag ser tillbaka, inser jag att jag aldrig helt kan återskapa den dagen. Jag kan se bilderna och minnas hans röst, men allt annat är dolt bakom en märklig tystnad. Och kanske är det så det måste vara. Kanske var det mitt sätt att överleva, att kunna gå vidare trots allt.

Till slut hörde jag en annan röst än min brors desperata skrik. Det var en man som stod uppe på övervåningen av busstationen, hans röst trängde genom kaoset. "Try to climb up!" ropade han och viftade åt oss att komma. Jag tittade på Olof och sa att han skulle ställa sig på min rygg för att nå upp till mannen, men Olof skakade på huvudet, full av panik.

"Nej! Vi måste hitta mamma och pappa!" skrek han tillbaka, och jag kände samma ångest bubbla upp i mig. Vågen hade precis börjat dra sig tillbaka, och vi båda spejade neråt, våra ögon letande febrilt bland vrakdelarna och de förstörda bussarna som låg huller om buller. Nu när vattnet började dra sig tillbaka såg vi silhuetter. Bland allt bråte och kroppar som följde strömmen såg vi människor. Människor som kämpade för att hålla i sig i det forsande vattnet, några hängde fast vid stolpar, grindar, staket och allt de kunde få grepp om. Plötsligt, mitt i allt kaos, såg vi någon vi kände igen.

Jag har aldrig förr eller senare känt en sådan lättnad som när jag såg min pappa. Han klamrade sig fast vid en stolpe, och på hans rygg hängde en annan man, lika utmattad som pappa själv. Pappa såg ut att vara på sina sista krafter, hans ansikte var förvridet av ansträngning och smärta. Vågen sjönk undan, och för ett ögonblick fick han andrum, ett kort ögonblick av lättnad.

"Pappa!" skrek vi i kör, och våra röster ekade genom det förödande landskapet. Just då, som genom ett mirakel, såg vi mamma ramla ut från bussen. Hennes kropp var dyblöt, och hon hostade och spottade upp vatten medan hon försökte återfå balansen. Runt axlarna släpade hon våra ryggsäckar, som dinglade tungt bakom henne. Mamma! De levde! Båda två! Våra älskade föräldrar! Jag kände hur en våg av lättnad sköljde över mig. Dom levde verkligen!

Jag måste ha varit i något slags chocktillstånd, för min nästa impuls när vattnet dragit sig undan var så absurd att den inte ens kändes verklig. Jag fick något slags infall om att vi måste ha bevis för detta och jag drog fram kameran. "Ska jag ta kort, pappa?" frågade jag, som om detta var en helt vanlig dag. Pappa, som kämpade för att hålla sig stående, tittade knappt upp när han svarade: "Ja, fota allt."

Jag höjde kameran och började ta bilder uppifrån taket på bussen. Det var som om vi befann oss i en helt annan värld. Bara några minuter tidigare hade allt varit normalt, men nu var landskapet omvandlat till något som liknade en krigszon. Husen låg i ruiner, fönster var utblåsta, och bussar låg som kastade leksaksbilar överallt. Vatten och skräp låg utspritt över hela stationen, och människor kämpade för att hålla sig uppe efter kraftansträngningen.

Mitt i kaoset fick jag syn på en ung man som kom springande med sin fru tätt efter sig. Båda skrek förtvivlat på singalesiska. Mannen bar ett spädbarn i sina armar, och jag såg hur barnets kropp hängde slappt och orörligt. De var desperata. De skrek efter hjälp och människor rusade fram mot dem, lika förtvivlade. Jag visste inte då att detta var en bild som skulle förfölja mig i mina mardrömmar under många år framöver. Deras skrik, deras förtvivlan – det fastnade i mig.

Plötsligt kändes kameran som ett tungt, opassande föremål i mina händer. Det kändes fel att fotografera, att fånga andra människors lidande på bild. Skam fyllde mig, och jag stoppade snabbt undan kameran. Hur kunde jag ens tänka på att ta bilder i detta kaos?

Mitt apatiska tillstånd bröts av samma man som tidigare ropat på oss från övervåningen. "More waves! More waves! Hurry!" skrek han, och denna gång fanns det ingen tvekan. Olof och jag hoppade snabbt ner från taket på bussen, våra ryggsäckar var tunga och blöta när vi slängde dem över axlarna. Vi sprang för allt vi var värda mot trappan som ledde upp till övervåningen.

Där var det kaos. Människor knuffades och trängdes för att ta sig uppåt, desperata att hitta skydd. En gammal dam snubblade framför oss, och jag fick tag i hennes arm precis innan hon föll. Jag hjälpte henne upp, och vi fortsatte att kämpa oss fram genom den trånga trappan. Till slut nådde vi övervåningen och stannade för att hämta andan. Från den höga positionen kunde vi se den fullständiga förödelsen som sträckte sig långt bort över staden.

Och då kom nästa våg.

Den såg nästan overklig ut när den sköljde in. Vattnet forsade fram, krossade det lilla som fortfarande stod kvar. Trots att så mycket redan var förstört, fortsatte vågen sin förödande bana genom stadens hjärta. Vi såg människor kämpa för sina liv, andra gav upp och sveptes bort i det forsande vattnet. Jag såg en gammal man som försökte klättra upp på en mur med hjälp av två yngre killar. Men deras ansträngningar var förgäves. När vågen slog till gav muren vika, och både mannen och killarna sveptes bort i massorna.

Vi stod stilla, paralyserade av den fullständiga förödelsen runt oss. Pappa, som alltid brukade ha en plan, stod nu förvirrad. Han frågade en kvinna bredvid oss: "Har en damm brustit? Vad är det som händer?" Kvinnan, som själv verkade vara i chock, skrek tillbaka: "Yes, det är en damm!" Ingen visste egentligen vad som hänt, bara att något fruktansvärt och oförklarligt hade drabbat oss alla. Chocken gjorde det svårt att tänka klart, och alla spekulerade.

Samtidigt såg vi fler människor klättra upp mot busstationens tak, och vi började diskutera om vi också borde försöka ta oss ännu högre. Skulle stationen hålla för fler vågor? Var vi säkra här, eller skulle vi behöva fly ännu längre upp?

När den tredje vågen började dra sig tillbaka hörde vi en visselpipa. Längre bort på gatan stod en polis och skrek åt alla att evakuera. "Spring nu!" ropade pappa, och vi började springa, så snabbt vi kunde. Vi sprang tillsammans med folkmassan, vi sprang genom bråten, hoppade över cyklar och klättrade över tegelstenar.

Vi mötte människor som sprang åt motsatt håll, desperata att hitta sina anhöriga. "Go home!" ropade de åt oss. Men hur skulle vi kunna ta oss härifrån? Allt verkade trasigt och förstört.

FJORTON

Nu hör jag hur min man har vaknat och stigit upp. Han stökar inne i badrummet, precis som han gör varje morgon. Även om jag ibland stör mig på att han tar så lång tid på sig är det något otroligt tryggt i att höra hans morgonrutin. Jag kan se framför mig hur han, på sitt noggranna vis, tvättar sig i ansiktet, bakom öronen, näsan – allt en del av hans dagliga ritual.

Jag låter mina tankar vandra, och plötsligt dyker en annan bild upp, en som jag länge försökt glömma men som hemsökt mig i mardrömmar under så många år. Bilden av spädbarnet, slappt hängande i föräldrarnas armar, med en stillhet som jag aldrig kunnat släppa. Den bilden är lika levande som något annat i mitt minne, en påminnelse om all den smärta och sorg som omgav oss de där dagarna på Sri Lanka.

I mina drömmar har jag ofta återupplevt det där ögonblicket. Jag ser föräldrarnas ansikten, deras förtvivlade skrik, och känner hur jag själv fryser till is. Jag var ung då, alldeles för ung för att förstå fullt ut vad jag såg – men ändå, insikten om barnets öde skar genom mig som en kniv. Mardrömmarna kom ofta efter att vi återvänt hem; varje gång jag blundade kom det lilla barnets ansikte tillbaka i mina drömmar. Jag vaknade ofta skrikande, förtvivlad över att vara maktlös utan att kunna förändra vad jag sett.

När jag själv blev gravid återvände mardrömmarna med en kraft jag inte var beredd på. Varje natt kom drömmarna tillbaka, och jag såg mig själv försöka nå fram, försöka hjälpa. Men hur mycket jag än försökte i drömmarna, nådde jag aldrig fram i tid. Jag vaknade svettig, ofta med en hand på min egen mage, på mitt eget barn, och tankarna överväldigade mig. Att bära mina egna barn gjorde mig plågsamt medveten om hur djupt rädslan för att förlora dem nu satt. De där drömmarna tvingade mig att se allt på nytt, att konfrontera min skuld över att ha kunnat fly, att ha fått fortsätta mitt liv medan andra förlorade allt. Men jag blev också starkare. Jag insåg att jag inte kunde bära hela världens sorg, att jag behövde hitta mitt sätt att leva vidare.

Jag sitter där, låter tankarna vandra mellan dåtid och nutid, mellan minnena av vad jag sett och den verklighet jag nu lever. Sorgen och skulden finns fortfarande kvar, men de har fått en ny plats inom mig. Jag har lärt mig leva med dem, och på något sätt har de också format mig, blivit en del av den modersroll jag nu bär med sådan ömhet och varsamhet.

2004-12-26
Matara, Sri Lanka

Vi sprang tills benen kändes som om de skulle ge vika under oss, adrenalinet pumpade genom våra kroppar och varje andetag brände i bröstet. Det var som om vi flydde från själva döden. Varje steg bar oss längre bort från faran, men samtidigt kastade vi oroliga blickar över axeln, rädda för nästa våg och hur långt den skulle sträcka sig.

Till slut kom vi fram till en stor byggnad – den reste sig som en gigantisk, grå skugga framför oss. Det visade sig vara ett sjukhus under konstruktion. Det var långt ifrån färdigt, men det var en tillflykt. Här fanns höjd, och i vårt sinne betydde det säkerhet.

Vi hörde skriken om "More waves! More waves!" när vi rusade mot ingången, och precis när vi var på väg in hördes en hög smäll bakom oss. Det ekade genom den kaotiska gatan, och när vi vände oss om såg vi två bilar som hade kolliderat i paniken. En av dem hade tappat kontrollen och kört rakt över en man som stod vid sidan av vägen. Hans kropp slungades brutalt åt sidan, som om han var en docka som slängts i vinden. Jag hann inte se mer innan vi vände oss om och skyndade oss in i byggnaden, för rädda för ännu en våg, för rädda för att stanna kvar och se vad som skulle hända härnäst.

Vi tog trapporna två steg i taget, benen var tunga och vi var utmattade, men vi fortsatte springa. Våning efter våning, uppåt, alltid uppåt, som om vi försökte fly själva katastrofen genom att komma högre upp. Vi var rädda, men vi var också målmedvetna – vi skulle överleva detta.

När vi till slut nådde taket, kändes det som om vi hade kommit till en annan värld. Där uppe, under den grå himlen, var det fullt av människor. Skadade och chockade låg och satt huller om buller, deras ansikten tomma och bleka, ögon fyllda av skräck. Några var blodiga, andra såg ut att vara i ett tillstånd av total chock, oförmögna att förstå vad som just hade hänt. En kvinna skrek i smärta och svimmade om och om igen, hennes röst skar genom luften som en kniv, en påminnelse om det lidande som omgav oss. En pappa, med rödgråtna ögon och en förtvivlad blick, ropade efter sin dotter, hans röst sprucken av desperation.

Vi hittade ett hörn där vi kunde sätta oss och försöka samla våra tankar. Mamma tog upp våra vattenflaskor, gav varsin flaska till mig och Olof och förklarade att vattnet behåller vi och de andra två flaskorna kan vi dela ut. Vi erbjöd vatten till de andra chockade människorna runt omkring oss. Hon rörde sig som på autopilot, som om hon visste att det enda vi kunde göra nu var att hjälpa varandra, att hålla oss lugna och fokuserade.

När vattnet var slut vände hon sig till en kvinna som verkade känna till byggnaden. Hon frågade försiktigt om det fanns mer vatten någonstans. En kvinna tittade tacksamt upp, gick fram mot kanten av byggnaden och pekade nedåt, mot en kran ute på gatan. Det verkade vara lugnt på gatan nu, vågorna sträckte sig inte hit upp och just nu var bilarna på väg mot stranden på nytt vilket vi förstod betydde att den senaste i raden av vågor hade dragit sig tillbaka.

Mamma bestämde sig för att gå ner och fylla på vatten och jag erbjöd mig att hjälpa till. Försiktigt och på helspänn rörde vi oss ned för trappan igen och ut på gatan. När vi kom fram till kranen, som stack upp vid vägkanten, började vi fylla flaskorna. Allt var stilla, men det var en hotfull stillhet, som om vi alla väntade på nästa katastrof. Precis när vi var klara och skulle återvända, kom en liten flicka fram till mamma. Hon kan inte ha varit mer än fyra år gammal, med stora, oskyldiga ögon. Hon sa ingenting, hon bara tog mammas hand och log. Ett tyst, tryggt leende mitt i allt kaos.

Mamma försökte prata med henne på engelska, frågade var hennes föräldrar var, men flickan svarade inte. Hon stod bara där, tyst och orörlig, som om hon hade hittat sin egen trygghet i mammas hand. Vi förstod att det inte var säkert att stanna ute på gatan, så vi tog med flickan tillbaka upp på taket. Där uppe var situationen fortfarande lika kaotisk som när vi lämnat.

Men så hände något otroligt. Mannen som tidigare hade ropat efter sin dotter såg flickan, och jag såg hur hans ansikte förvandlades från ren desperation till lättnad och glädje. Hans ögon vidgades, och utan ett ord kastade han sig fram mot henne, tog henne i sina armar och kramade henne så hårt att det såg ut som om han aldrig skulle släppa taget. Flickan log, för första gången verkade hon inse vad som hände, och hon kramade tillbaka. Det var som om ett ögonblick av hopp tändes mitt i allt mörker.

Men glädjen blev kortvarig.

Bara några sekunder efter att mannen släppt taget om flickan började han skrika okontrollerat igen. Hans glädje förvandlades till förtvivlan på ett ögonblick, och han kastade sig på marken, slog knytnävarna i taket. Flickan ryggade tillbaka, rädd, och gick försiktigt tillbaka till min mamma, tog hennes hand på nytt, som om hon sökte trygghet där hon först funnit den.

Kvinnan som hade visat oss var vattnet fanns förklarade med sorg i rösten: "Det är hans dotter. Men han insåg just att hans fru är borta." Orden slog mig som en isande vind genom kroppen. Hur kunde någon hantera en sådan förlust – att i samma ögonblick återfinna sitt barn, men inse att den andra människan man älskar mest i världen är förlorad för alltid? Det var som om världen gav och tog i samma ögonblick, en brutal påminnelse om hur skört livet var.

Vi satt där, tysta, omgivna av människor som genomlevde sina egna tragedier. Ingen vågade säga något, och jag såg hur mamma kramade flickans hand hårt, som om hon försökte skydda henne från den grymma verkligheten vi alla befann oss i.

Jag hade tappat räkningen på tiden, men inte på vågorna. Jag räknade till åtta vågor medan vi satt kvar på taket. Varje gång en våg drog sig tillbaka kunde vi höra människorna nedanför börja röra på sig. De skyndade sig mot stranden och busstationen, desperata att försöka rädda sina nära och kära, eller åtminstone ge en hjälpande hand åt de som låg skadade eller fast i förödelsen.

Men varje gång kom en ny våg, och varje gång ledde det till panik. Bilar som kört mot stranden för att hjälpa till tvärvände och körde i panik bort från vattnet, människor som just börjat springa ner mot busstationen rusade tillbaka upp mot säkrare mark. Det var som ett fruktansvärt spel mellan hopp och förtvivlan, där alla var fångade i en återkommande mardröm. Ljudet av sirener, skrik och bilar som försökte köra iväg ekade genom gatorna.

Det är oklart hur länge vi satt där uppe på taket. Tiden kändes overklig. Det var som om hela världen hade stannat upp, och vi kunde inte göra annat än att vänta. Under den tiden försåg vi människor runt oss med vatten, delade vad vi hade och försökte hjälpa där vi kunde. Den lilla flickan, som fortfarande höll mamma i handen, verkade ha funnit trygghet hos oss.

Efter en stund plockade jag fram kameran igen. Det kändes märkligt att ha något så vardagligt i händerna i en sådan extrem situation, men jag visade flickan hur den fungerade. Hennes ögon lyste upp av nyfikenhet, och hon tog ett kort på mig. Jag log mot henne, och hon pekade på kameran och sa något på singalesiska som jag inte förstod, men hennes skratt var smittsamt.

Flera personer runtomkring oss stämde in i hennes skratt, och en kvinna som pratade engelska log och sa: "She thinks you are dirty." Kvinnan pekade på mitt linne, och jag tittade ner. Det som en gång varit vitt var nu täckt av smuts och fläckar. Jag gapskrattade, och det kändes som om något inom mig släppte. Det var så förlösande att få skratta, att känna något annat än rädsla, när allt omkring oss var så osäkert. Jag hade inte ens tänkt på hur smutsig jag var, men nu såg jag det tydligt: mitt linne såg ut som om jag hade rullat i lera. Hela jag var smutsig från topp till tå.

Mamma och Olof började också skratta, och jag pekade på dem. "Ni ser inte bättre ut!" sa jag, och vi fortsatte skratta tillsammans, som om vi försökte skratta bort rädslan för en stund.

Men pappa skrattade inte. Han stod längre bort, tankfull, med blicken fäst på horisonten. Hans ansikte var sammanbitet, och jag förstod att han funderade över vad vi skulle göra härnäst. Han kom fram till oss och sa: "Vi måste röra på oss. Vi kan inte stanna här längre. Vi behöver mat, vatten och hitta ett säkert ställe att sova på."

Vi andra nickade instämmande. Det fanns inget sätt att veta hur länge vi kunde stanna på det här taket, och med varje timme som gick blev det tydligare att vi behövde hitta en mer hållbar lösning.

Pappa vände sig mot mamma och sa: "Vi delar upp oss. Jag tar med mig Olof och ser om vi kan hitta någonstans att ta vägen. Ni två" – han pekade på mig – "stannar här och håller koll på våra saker."

Jag kände hur det knöt sig i magen. Att dela på oss kändes farligt, men vi hade inget val. Vi var tvungna att vara praktiska. Mamma tittade på mig och log försiktigt, som för att lugna mig, men jag kunde se att även hon var orolig.

"Var försiktiga," sa hon till pappa och Olof. "Kom tillbaka så snart ni kan."

Pappa nickade och gav oss en sista blick innan han och Olof gav sig av nerför trapporna. Jag och mamma satt kvar, och en olustig känsla av osäkerhet började sprida sig i mig. Det var något med att vara kvar på taket medan de andra var borta som gjorde att det kändes ännu mer ensamt och utsatt.

Mamma satte sig närmare mig och lade armen om mina axlar. "Vi kommer klara det här," sa hon lugnt. Men jag kunde se oron i hennes ögon. Även om vi inte visste exakt vad som hade hänt, förstod vi att situationen var farlig. Vi visste att folk runtomkring oss var desperata, och att tillgången till mat, vatten och pengar kunde bli en fråga om överlevnad. Allt vi kunde göra nu var att vänta och hoppas att pappa och Olof skulle hitta en väg framåt.

Återigen tappade jag tidsuppfattningen. Vi hade suttit på taket i vad som kändes som en evighet, och nu hade det börjat skymma. Himlen, som fortfarande var svagt upplyst av den nedgående solen, hade övergått till en dämpad lila nyans. Äntligen, efter vad som kändes som flera timmar, såg vi pappa och Olof komma tillbaka. De vinkade åt oss att komma närmare.

När de nådde oss berättade pappa med låg röst att de hade fixat boende åt oss. "Vi måste ta våra grejer och bege oss nu," sa han. "Vi kan inte stanna här längre."

Vi försökte hålla oss lågmälda när vi smög bort för att hämta våra ryggsäckar, men inom mig kändes det fel. Att vi skulle lämna alla dessa människor kvar på taket medan vi gav oss av, det var som om vi på något sätt svek dem. Som om vi återvände till vår egen värld, där kylskåpen var fyllda med mat och där problemen aldrig var så här stora.

När vi packade våra saker och gjorde oss redo att lämna, såg jag något i ögonvrån. Det var den lilla flickans hand som sträckte sig efter mamma. Hon kramade mamma hårt, och sedan kom hon fram till mig och gav mig en kram också. Inget sades. Vi utbytte inga ord, bara tysta farväl. Vi vände oss om och började gå ner för trappan, och jag såg hur mamma torkade bort tårar från sina kinder.

När vi kom ner från taket, ledde pappa oss bort från sjukhusbyggnaden och busstationen. "Vi har träffat en polis," sa han. "Vi ska få bo hos honom och hans familj. Han väntar på oss där borta."

Två gator längre bort stod en man och väntade. Även på avstånd kunde vi se att han såg vaksam ut, hans ansikte var djupt fårat och hans hållning stel efter dagens händelser. Men när vi närmade oss, log han vänligt åt oss, trots sin trötthet.

Vi följde honom genom de tysta, öde gatorna, som nu var nästan tomma. Det var som om hela staden hade dragit efter andan efter dagens kaos. Vi gick förbi förstörda byggnader och övergivna fordon, men ingen sa något. Tystnaden var laddad med tankar som ingen av oss vågade sätta ord på.

FEMTON

Jag försöker snabbt samla mig, tar ett djupt andetag och drar med baksidan av handen över kinderna för att sudda bort de sista spåren av tårarna. Jag vet att min man snart kommer att upptäcka mina rödgråtna ögon, men jag vill inte oroa honom. Det känns dumt, nästan skamligt, att sitta här och storgråta när så mycket egentligen är bra i mitt liv.

"Vill du ha kaffe?" ropar han från köket, där ljudet av klirrande porslin avslöjar hans morgonrutin.

"Jaaa, tack!" svarar jag och sträcker mig efter min tomma kopp för att ställa undan den. Hans omtanke värmer, och när han kommer ut med en rykande kopp kaffe till mig, känner jag ett styng av skuld över att ha hållit mina känslor för mig själv.

"Är du okej?" Han ser på mig med den där blicken, den som inte låter sig luras av leenden eller skratt. Han känner mig för väl.

Jag skakar lätt på huvudet och ler svagt. "Ja, det är bara... Jag pratade ju med Chamali igår, och det väckte så många minnen." Jag tar ett djupt andetag och försöker samla tankarna. "Ibland känns det som om jag bär på två liv – det här, med dig och barnen, och ett annat... långt bort, men ändå så närvarande. Allt det där som hände, det formade mig, och ändå har jag aldrig riktigt pratat om det."

Han nickar, sätter sig bredvid mig och tar min hand. "Det är klart. Sånt där går inte bara över." Han stryker tummen över min handrygg, och jag sluter ögonen, känner värmen från hans närhet, tryggheten.

Jag lutar mig tillbaka och låter kaffekoppens värme tränga in i mina kalla händer. "Det känns konstigt," säger jag efter en stund. "Som om jag borde vara tacksam över att jag klarade mig, över att vi hade resurser att komma hem, att vi kunde fortsätta som om inget hade hänt. Men andra... de fick bara försöka överleva."

Jag blir tyst och stirrar ner i min kaffekopp. Han säger inget, men jag vet att han lyssnar. Och för första gången på länge känner jag att jag faktiskt kanske kan börja dela med mig av allt det där jag burit ensam – små bitar i taget, precis som jag vet att han kommer att förstå.

2004-12-26
Matara, Sri Lanka

Efter att ha gått ytterligare tre gator, ledde polismannen Ruwan oss in i en liten, lummig trädgård, som på något sätt verkade oskadd av förödelsen som härjade bara några kvarter bort. Trädgården var fylld av doften från våt jord, blommor och regn, och det var som om vi hade klivit in i en annan värld, en där tiden stannat upp och allt kaos hade lämnat plats åt stillheten. Ruwan öppnade en stor, solid trädörr och visade oss in i sitt hem. Det var ett enkelt, men välkomnande hus, där tryggheten kändes omedelbar när vi steg över tröskeln.

Inne i huset möttes vi av Ruwans fru, Sumudu, en liten, varm kvinna med ett brett leende som omedelbart fick oss att känna oss välkomna. Trots att hon såg lika sliten ut som vi alla kände oss, fanns det något över henne som spred ett lugn. Hennes vänlighet kändes som balsam för våra trötta och skakade själar.

Hon talade knappt någon engelska, men hennes skratt och ögonkontakt talade ett universellt språk som gjorde ord överflödiga. Det var som om hon med sitt sätt försäkrade oss om att vi var trygga nu.

De hade två döttrar, Chamali och Anjali, i samma ålder som mig och Olof. Döttrarna stod blygt i dörröppningen och log försiktigt när vi kom in. Det dröjde inte länge förrän deras blyghet ersattes av ren nyfikenhet. Med ett barns nyfikenhet började de ställa massor av frågor om Sverige. De undrade om snö, om hur vi firade jul, och om vad vi åt hemma. Deras skratt fyllde rummet och skingrade, åtminstone för en stund, den tyngd av katastrof som hängde över oss alla. Vi verkade som exotiska varelser för dem, som om vi kom från en annan värld.

"Ni är välkomna här," sa Ruwan med en trött men uppriktig röst. "Ni är säkra nu." Orden, enkla men fulla av betydelse, kändes som en tyngd som lyfte från våra axlar. För första gången på hela dagen kände jag en verklig känsla av trygghet. Det var inte över, vi visste det alla, men just där och då hade vi åtminstone hittat en plats där vi kunde andas för en stund.

När vi hade satt oss och andats ut en liten stund, förklarade Ruwan att han måste återvända till polisstationen för att hjälpa till men att vi bör stanna här. Sumudu log och pekade mot trädgården. "You can clean," sa hon och ledde oss till en enkel utedusch, byggd av en slang som var kopplad till en stor dunk med vatten som stod på en träställning. "Careful with the water" sa hon också innan hon lämnade oss där.

Vi förstod att detta var det enda vattnet som fanns och att vi inte fick slösa i onödan. Vi försökte få bort den värsta leran och det klibbiga kaoset från våra kroppar. Vi tvättade av oss, under den öppna himlen, genom att fukta en handduk och försöka gnugga bort det värsta. Jag blev långt ifrån ren men jag minns hur befriande det var att känna rent vatten på min hud.

Efter att vi tvättat av oss lite av den smuts och lera från dagens kaos, kändes det som om vi kunde andas lite lättare. Det kalla vattnet hade piggat upp oss, och när vi kom tillbaka in i huset märkte vi hur hungriga vi var. Vi hade inte ätit något sedan frukosten på morgonen, och magen knorrade högt av tomhet. Sumudu, med sitt ständiga leende och energiska sätt, pekade mot köket och bjöd in oss att hjälpa till med middagen.

Jag kände mig tacksam över att ha något att göra, något praktiskt att fokusera på efter alla timmar av panik och osäkerhet. Vi hjälpte henne att skala grönsaker och röra i grytorna som stod och puttrade på gasolspisen. Doften av stark curry och kokande ris fyllde köket, och för en stund kändes det nästan som om vi var långt borta från katastrofen utanför – som om vi bara var gäster i ett hem, hjälpte till med en vanlig middag.

Det var en enkel måltid, men vid den tidpunkten var det som om varje doft och smak var förhöjd, vår hunger gjorde oss nästan vimmelkantiga av förväntan. Olof och jag sneglade på varandra över köksbänken, våra magar kurrade högt, och vi kunde knappt bärga oss tills maten var klar. När Ruwan kom tillbaka från polisstationen, lagom till middagen, fylldes rummet av en annan sorts spänning. Han hade nyheter, men vi försökte hålla oss lugna medan vi satte oss till bords.

Precis innan vi skulle börja äta satte sig Ruwan tungt ner vid bordet och bröt tystnaden med ett par ord som förändrade hela rummet. "Det är en tsunami som drabbat Sri Lanka," sa han med en låg och allvarlig röst. Hans ord hängde kvar i luften som en kvävande dimma, och en känsla av overklighet sköljde över mig. Tsunami. Vad innebär det egentligen? Jag var inte helt säker på vad det var men förstod att det var en våldsam naturkraft, större än något vi någonsin kunnat föreställa oss, som hade kastat hela vår värld över ända.

Ruwan fortsatte, och varje ord fördjupade känslan av kaos och förödelse. "Vi kunde nå Colombo med satellittelefon. Det är inte bara här," sa han med blicken riktad mot bordet. "Förstörelsen är omfattande… Många byar är bortspolade och saltvattnet har tagit sig in överallt. Dricksvatten är nu en bristvara, och elen kommer nog inte tillbaka på väldigt länge." Jag hade inte ens reflekterat att det inte fanns någon el men insåg nu att ingenting lyste.

Ruwan såg på oss, hans ansikte hårt och spårat av chocken från dagens händelser. Saltvattnet, som vi flytt undan, hade inte bara lämnat död och förstörelse bakom sig – det hade också förgiftat det vi alla behövde för att överleva. Hans röst blev mörkare när han beskrev situationen: "Människor är desperata. Alla matbutiker är redan plundrade. Hyllorna är tomma, och butikerna förstörda. Vi gör bäst i att stanna inomhus."

Hans ord var som en rad slag mot bröstet. Bilden av människor som slet åt sig den sista maten, den sista flaskan vatten, kändes nästan overklig. Det här var så långt borta från vårt tidigare liv. Men nu satt vi där, omgivna av kaoset och förtvivlan, och förstod långsamt att detta var vår nya verklighet.

Ett ögonblick tidigare hade jag känt hunger, men nu var aptiten borta, som om något i mig frusit till is. Vi satt stilla, stumma och med ögonen fästa på våra tallrikar, ingen rörde sin sked. Maten framför oss, som tidigare känts som en efterlängtad tröst, blev plötsligt helig.

Jag stirrade ner i min tallrik, fylld av en plötslig, tung skuld. Skuld över att vi satt här med skydd och mat, medan andra förlorade sina hem och kanske sina liv i samma stund. Tanken på hur skört allt var, hur snabbt allt kunde ryckas ifrån oss, var överväldigande. Vad skulle hända imorgon? Skulle det finnas något kvar över huvud taget?

Ingen vågade ta den första tuggan. Maten framför oss var ett obestridligt bevis på vår osäkerhet, på att det vi alltid tagit för

givet – som mat och vatten – nu var något skört och långt
ifrån självklart.

När Sumudu slutligen envisades med att vi skulle börja äta
gjorde vi det försiktigt, som om varje tugga måste mätas.
Varje tugga jag tog kändes som en påminnelse om hur andra
kanske kämpade för sitt liv där ute, letande efter den mat och
det vatten vi just nu hade tillgång till.

Jag märkte hur vi alla, utan att riktigt säga det, åt långsamt,
som om vi försökte spara på det som fanns framför oss. Det
fanns något nästan rituellt över måltiden, som om vi visste att
den kanske skulle vara en av de sista där vi kunde äta utan
att veta om vi skulle få mat nästa dag. Ruwan åt tyst,
försjunken i tankar, och Sumudu och flickorna väntade i
bakgrunden. När vi väl insåg att de inte skulle äta förrän vi
var klara, blev måltiden ännu tyngre.

Varje tugga växte i munnen och jag fick tvinga i mig det lilla
jag lagt på tallriken. Chamali förklarade senare att man
gjorde så på Sri Lanka. Visade respekt enligt en viss hierarki.
Gäster och familjens överhuvud fick därmed äta först, följt av
kvinnorna och barnen. Jag kände hur obehagligt det kändes
att se Sumudu, som hade lagat maten, stå där och vänta på att
vi skulle äta klart. Varje tugga kändes som en påminnelse om
ojämlikheten mellan oss, gäster, och dem, värdfamiljen som
så generöst delade det lilla de hade med oss.

Det var som om hela världen hade vänt sig upp och ner på
bara några timmar, och nu var vi tvungna att navigera genom
denna nya, sköra verklighet där varje droppe vatten och varje
bit mat var värdefull. Frågan hängde kvar i mitt huvud:
skulle vi klara oss? Skulle vi ha något att äta imorgon, eller

skulle vi också hamna bland dem som tvingades plundra för att överleva?

Efter måltiden tog Sumudu och flickorna fram sina egna tallrikar och började äta i tysthet, nästan rituellt. De pratade lågt med varandra och tittade då och då på oss, som om de försäkrade sig om att vi hade fått nog. Sumudu log fortfarande, men det fanns en djup trötthet i hennes ögon som var omöjlig att dölja. Ruwan sa inte mycket under måltiden. Han var helt inne i sina tankar, kanske funderade han på vad morgondagen skulle föra med sig, eller på vilka andra katastrofer som ännu inte hade avslöjat sig.

Trots maten, som egentligen var utsökt, kändes middagen sorgsen. En tyst påminnelse om att vi, även om vi var fysiskt trygga, nu levde i en värld där varje måltid, varje droppe vatten, var något vi inte längre kunde ta för givet.

Efter middagen satt vi tysta i soffan. Vi satt tysta och lyssnade medan Ruwan berättade mer om situationen. Telefonlinjerna var trasiga, och de som hade turen att få en signal på någon mobiltelefon hörde skräckhistorier från alla håll. Vissa familjer hade förlorat allt. Ingen visste hur många som hade omkommit, och hela samhällen var borta – bortsvepta på några ögonblick.

"Vi försöker fortfarande nå våra familjer," sa Sumudu, med en svag skakning på huvudet. Hon såg på sina döttrar, och jag kunde känna tyngden i hennes blick. Att försöka nå alla sina släktingar, att få veta vem som överlevt och vem som inte hade haft samma tur, blev en desperat kamp som aldrig verkade ta slut. Jag kunde se hur tröttheten hade satt sig djupt i henne, men ändå höll hon sitt varma leende levande

för oss. Det var som om hon vägrade låta oss se henne brytas
ned.

Trots att Ruwan försäkrade oss om att vi var skyddade
innanför hans väggar, kände vi det djupa allvaret i
situationen. Varje gång en bil körde förbi ute på gatan, varje
gång vinden ven genom trädgården, undrade jag om vi
verkligen var säkra. Om nästa våg skulle komma. Om vi ens
skulle ha något vatten att dricka nästa dag. Jag kunde känna
hur allas oro spred sig som en tyst elektrisk laddning genom
rummet, men ingen sa något. Vi satt bara där, höll varandra
nära och försökte förstå vad som hade hänt och vad som nu
skulle ske.

SEXTON

Jag inser hur lite jag faktiskt har bearbetat katastrofen efteråt. De första åren försökte jag mest trycka undan allt – förtränga minnena och stänga av känslorna. Att tala om det kändes för svårt, nästan omöjligt. Jag sökte aldrig någon hjälp, och ingen frågade egentligen. Det var som om alla bara förväntade sig att jag skulle gå vidare, att jag skulle klara av det på egen hand. Men innerst inne visste jag att jag aldrig hade gjort det.

Jag undrar om allt hade varit annorlunda om jag fått professionell hjälp. Kanske. Kanske hade jag kunnat få ett annat perspektiv, kanske hade någon kunnat hjälpa mig att bearbeta den skräck och skuld som jag burit med mig sedan dess. Men det går inte att veta. Jag tog mig vidare på mitt sätt, och under en lång tid innebar det att fly – att fly genom att tränga bort alla känslor.

Det destruktiva beteendet smög sig in gradvis. Först var det en lättnad att få släppa taget om allt för en stund, att dricka tills världen kändes avlägsen och jag bara var en passagerare i mitt eget liv. När jag var full kunde jag för en kort stund undvika att tänka på vad som hänt, att sjunka in i en dimma där de där minnesbilderna inte trängde sig på.

Men snart blev det en vana, något jag längtade efter – att slippa ifrån allt, om så bara för en kväll. Jag visste att det inte var hållbart, men just då brydde jag mig inte. Vardagen kändes tung och meningslös, och jag fastnade i en nedåtgående spiral där helgerna ofta blev en flykt från mina egna minnen.

Det tog tid, och många felsteg, innan jag långsamt började ta mig ur den destruktiva spiralen. Minnet av en särskild kväll då jag druckit alldeles för mycket och vaknade nästa morgon utan att minnas hur jag kommit hem blev en vändpunkt. Det skrämde mig och väckte en insikt om att jag inte kunde fortsätta på det sättet.

Med tiden insåg jag att det aldrig skulle gå att dricka mig fri från minnena; de hade bara skjutits undan, inte försvunnit. Jag lärde mig att bära dem på andra sätt, att kanalisera smärtan i något annat – min familj, mitt arbete, min vilja att bygga ett liv som verkligen betydde något.

Där och då, i morgonens stillhet, kände jag en blandning av sorg och tacksamhet. Sorgen över att ha slösat så mycket tid på att försöka undfly min egen smärta, men tacksamheten över att ha hittat en väg ut, till ett liv som kändes sant och meningsfullt.

2004-12-26
Matara, Sri Lanka

Vi fick bo i Chamalis och Anjalis rum, och det kändes som ett privilegium att de gav upp sina egna sängar för oss. Rummet var enkelt men färgstarkt, med små personliga detaljer som gosedjur och affischer på väggarna. Flickorna log stort när de hjälpte oss att bädda våra sängar och visade oss var vi kunde lägga våra saker. Det började skymma och blev svårare att se då elen fortfarande var borta.

Men när det blev dags att gå och lägga oss, fick jag en chock. När jag låg där i sängen och tittade upp på taket, såg jag något som först skrämde mig. Tegelpannorna, som syntes direkt från insidan eftersom det inte fanns någon isolering, hade ett mönster som såg ut som små hakkors. Jag satte mig genast upp.

"Olof, ser du det där?" viskade jag, pekande upp mot taket. "Vad är det här för ställe egentligen?"

Olof stirrade upp och såg lika skräckslagen ut som jag. Vi låg där i mörkret och undrade vart vi egentligen hade hamnat, tills pappa kom in i rummet. Jag berättade snabbt för honom om vad vi hade sett.

Till vår lättnad började pappa le. "Det där är inget farligt," sa han lugnt. "Det är faktiskt en gammal solgudssymbol, och den användes långt innan nazisterna tog den och gjorde den till sin egen symbol."

Pappa berättade att han hade läst om hur många kulturer i världen, inklusive här i Asien, hade använt en liknande symbol i århundraden som en symbol för solguden, lycka och välstånd. "Det är bara en tillfällighet att den ser likadan ut som nazisternas hakkors. Men den har en helt annan betydelse här."

Jag kände hur jag slappnade av, och Olof suckade av lättnad. Jag hade varit på väg att få panik över något som jag inte förstod, men nu kändes det nästan lite pinsamt att jag blivit så rädd.

Med den nya förståelsen som pappa gav oss, låg vi kvar i sängen och stirrade upp mot taket igen. Tegelpannornas symboler såg inte längre hotfulla ut. Istället såg jag dem som något gammalt och betydelsefullt, en del av en kultur jag inte kände till men som vi nu fick ta del av på ett väldigt speciellt sätt.

Vi låg tätt ihop i rummet på övervåningen och försökte finna någon form av lugn, men sömnen var långt borta. Utanför rådde ett hektiskt kaos – som ökade i samband med mörkrets infall. Det var upplopp på gatorna som nu tagit en våldsam vändning, och vi kunde höra hur människor skrek, hur rösterna blev alltmer desperata. Skottsalvor ekade plötsligt genom natten, avbrutna av ljudet av glas som krossades när butiker plundrades i jakt på mat och vatten. Flera gånger hördes högljudda slagsmål och desperata rop, som om gatan utanför förvandlats till en krigszon.

Ruwan, som sov tillsammans med resten av sin familj på bottenplan, hade lugnat oss tidigare på kvällen. "Ni är säkra här," hade han sagt och visat oss sitt laddade tjänstevapen och geväret han förvarade vid sängen. Hans ord gav mer rädsla än trygghet, och i hans ögon syntes en outtalad oro, som om han visste att inget vapen i världen kunde ställa saker till rätta. Hans familj var lika sårbar som vi, och vi alla förstod att faran bara var några meter utanför dörren.

Militärhelikoptrar cirkulerade ständigt över staden, deras dån hördes över allt annat när de flög lågt över taken. Enligt Ruwan så var det indiska militärhelikoptrar som lastade sårade människor från fotbollsplanen i närheten och transporterade dem till militärfartyg befann sig längs med kusten, i ett desperat försök att ge dem den vård de behövde. Jag kunde se framför mig hur de fyllda helikoptrarna lyfte i mörkret, varje rotorblad en påminnelse om att tiden höll på att rinna ut för dem.

Inne i huset låg vi och lyssnade på det fruktansvärda kaoset utanför. Mamma höll mig nära, men hennes kropp var spänd, och jag kunde känna hennes rädsla lika starkt som min egen. Olof och pappa delade den andra sängen, och jag hörde Olof vända sig rastlöst om, lika påverkad av ljuden och stämningen som jag var. Varje gång en ny skottsalva avlossades eller en helikopter flög över oss, stelnade vi till. Det var en påminnelse om att faran inte bara fanns där ute – den var påtaglig, närmare än vi önskade.

Under hela natten kunde vi höra hur situationen på gatan utanför eskalerade. Det fanns ingen plats för oss att känna trygghet eller lugn, och trots att vi var omgivna av Ruwans familjs vänlighet och beskydd, var vi lika utsatta som de. Helikoptrarnas dån, de desperata ropen och ljudet av glas som krossades fyllde vårt tillfälliga hem med en känsla av att faran ständigt låg på lur. När gryningen närmade sig hade ingen av oss knappt sovit, men vi höll varandra tätt samman – det enda som kunde skänka någon form av tröst i en natt fylld av skräck.

Dagen efter tsunamin var vi fortfarande djupt skakade och försökte greppa vad som hade hänt. Natten upplopp och kaos hade lugnat sig och vi försökte anpassa oss till tillvaron i Ruwans hem, där familjen hade tagit emot oss med en sådan vänlighet och generositet. Det kändes som om vi befann oss i en bubbla av lugn, även om vi visste att världen utanför hade förändrats dramatiskt. Mitt i detta rastlösa tillstånd kom Ruwans äldsta syster på besök, och med henne förändrades genast atmosfären i huset.

Hennes ankomst var som en markering för något viktigt. Det var tydligt att hon var familjens överhuvud, och att hennes närvaro medförde en formalitet som inte hade funnits där tidigare, inte på samma sätt. Hon hade en lugn auktoritet som genast gjorde sig märkbar. Alla i huset, inklusive Ruwan och Sumudu, riktade sin uppmärksamhet mot henne och visade en djup respekt för hennes ord och handlingar. Trots den kris som pågick utanför husets väggar, verkade hon ge familjen en känsla av stabilitet och ordning.

Hon var äldre än Ruwan, och det var tydligt att hon hade sett mycket i livet. Hennes ansikte bar spår av både erfarenhet och styrka, och även om hon inte sa mycket, var det som om varje ord hon yttrade hade en djup betydelse. Sumudu och Ruwan lyssnade noga när hon talade, och vi, som gäster, satt vid sidan och försökte förstå den dynamik som utspelade sig framför oss.

Stämningen i huset var tryckt. Det kändes som om varje andetag var fylld av den osäkerhet och oro som fortfarande hängde över oss efter tsunamin. Sumudu måste ha märkt vår rastlöshet, för hon lutade sig fram och viskade något till sin äldsta dotter, Chamali. Chamali tittade upp, log ett hemlighetsfullt leende och vinkade till oss.

"Kom," sa hon glatt, som om hon precis kommit på den bästa idén någonsin.

Hon försvann in i ett litet skjul bredvid huset och rotade runt bland diverse prylar. Efter några sekunder dök hon fram med fyra badmintonracketar och en fjäderboll. "Vi spelar här ute," sa hon och började röra sig mot gatan utanför huset. Olof och jag följde efter, nästan motvilligt till en början, men lockade av hennes entusiasm.

Gatan utanför huset var nu tom. Hade det inte varit för allt krossat glas och något som såg ut som blodstänk längs en vägg så kunde man trott att allt bara varit en mardröm. Det var märkligt att tänka sig att vi skulle spela badminton på en plats som fortfarande bar så många synliga ärr efter katastrofen. Men Chamali verkade inte bry sig om det. Hon ställde sig på ena sidan av gatan, och när Anjali kom springande för att göra henne sällskap, kunde vi inte låta bli att känna oss uppslukade av deras energi.

De två flickorna visade sig vara otroligt duktiga på badminton. Med smidiga rörelser skickade de fjäderbollen fram och tillbaka mellan sig som om det var det mest naturliga i världen. Jag och Olof hade svårt att hänga med – varje gång vi försökte slå tillbaka bollen hamnade den antingen i buskarna eller på andra sidan gatan. Flickorna skrattade hjärtligt åt våra tafatta försök, men inte på ett elakt sätt. Deras skratt var smittsamt, och snart skrattade vi alla.

Det var surrealistiskt att spela där ute, med fjäderbollen som flög fram och tillbaka mitt i en miljö som bar så mycket spår av förödelse. Skadorna från tsunamin och nattens upplopp fanns överallt – spruckna väggar, trasiga fönster, vrakdelar som fortfarande låg kvar längre ned på gatan. Men just i den stunden, medan vi jagade fjäderbollen och försökte hålla den i luften, kändes det som om världen stannade upp. Lekens enkelhet gav oss alla en liten stund av lättnad, en paus från det som hänt och det som fortfarande skulle komma.

Chamali och Anjali rörde sig med en sådan självsäkerhet och skicklighet att jag nästan blev avundsjuk. Jag sneglade på Olof, som kämpade för att hänga med, och vi utbytte en blick av trött men glad uppgivenhet. De var helt överlägsna, men det spelade ingen roll. Deras glädje över att spela smittade av sig på oss, och för en liten stund var vi bara barn som lekte, utan att tänka på vad som hänt eller vad morgondagen skulle föra med sig.

Vi spelade tills det började närma sig lunchtid. När vi till slut satte oss ner för att vila, svettiga och andfådda, insåg jag hur viktigt det hade varit för oss att komma ut och röra på oss, att få glömma tragedi och oro för en liten stund. Chamali och Anjali hade gett oss mer än bara en lekstund – de hade påmint oss om att även i en stad som kämpar för att resa sig igen, kan livsglädjen finnas mitt i spillrorna.

Medan vi satt där och hämtade andan efter badmintonmatchen, hörde vi på nytt helikoptrar som närmade sig. Vi tittade upp och en helikopter flög lågt över våra huvuden, och vi följde den med blicken när den dundrade fram.

Plötsligt såg vi Ruwan rusa ut ur huset med mamma och pappa i hälarna. Han vinkade frenetiskt åt oss att komma.
"Det är vice presidenten!" ropade Ruwan. "Skynda er!"

Förvirrade och fyllda av adrenalin, reste vi oss snabbt och sprang efter honom. Vi följde helikoptern som försvann längre bort och styrde stegen mot samma fotbollsplan som indiska armen använt under natten för att transportera skadade. Andfådda och med hjärtat dunkande i bröstet nådde vi planen precis i tid för att se inte bara en, utan fyra helikoptrar gå ner för landning. Rotorbladen väsnades så högt att vi knappt kunde höra våra egna tankar.

När helikoptrarna landade på planen, såg vi hur det vällde ut soldater – säkert tio från varje helikopter, och alla hade vapen i högsta beredskap. Det var en otroligt intensiv syn, och vi stod helt stilla och betraktade det hela med stora ögon. Sist, från den fjärde helikoptern, den med det stora guldiga lejonet på, klev en välklädd herre ut, pratandes i sin mobiltelefon. Det var uppenbart att han var viktig, och alla soldaterna stod vaksamma omkring honom.

Innan vi ens hann tänka, såg vi plötsligt pappa, rusa fram mot mannen. "I need to borrow you phone! I need to borrow you phone! I can pay you!" ropade han högt medan han sprang mot mannen. Soldaterna reagerade blixtsnabbt, och på ett ögonblick hade de riktat sina vapen mot oss och mot Janne som genast stannade upp. Paniken var omedelbar. Ruwan och hans döttrar slängde sig på marken, armarna sträckta över huvudet, och vi stod där, stela och förskräckta. Stämningen blev otroligt allvarsam på bara några sekunder. Vi stod där med hjärtat i halsgropen, osäkra på vad som skulle hända. Hade vi överlevt en tsunamin bara för att få se vår egen pappa avrättas på en fotbollsplan? Skulle även vi skjutas av militären? Jag vågade inte andas.

Kanske var det vår bleka hudfärg och det faktum att vi var turister som räddade oss från en ännu värre situation. Mannen, som visade sig vara Sri Lankas vice president, verkade till slut förstå vår desperation och höjde handen för att lugna sina soldater. Efter en stund sänkte de långsamt sina vapen, men deras hårda blickar var fortfarande lika iskalla.

Pappa bad på nytt med vädjan i rösten om att få låna telefonen. Den välklädda mannen såg på oss med en blandning av förundran och förståelse. Han verkade inse att pappa inte hade några illvilliga avsikter, utan bara var en far i panik som desperat försökte få sin familj i säkerhet.

Trots situationens absurditet fick vi till slut låna mobiltelefonen av mannen som mycket riktigt presenterade sig med titeln Sri Lankas vice president. Vi reagerade knappt på detta då vi redan riktat allt vårt fokus mot mobiltelefonen. Jag minns att pappas händer darrade när han slog in numret till Sverige. Vi stod alla tätt tillsammans medan vi väntade på att samtalet skulle kopplas fram, och det kändes som om tiden stod stilla.

När signalerna till slut gick fram och vi, efter vad som kändes som en evighet, hörde farmors röst på andra sidan, var det som om all den oro och tyngd som hade byggts upp under de senaste dagarna släppte på en gång. Tårarna rann längs mammas kinder när vi äntligen fick berätta att vi var i säkerhet. Att kunna höra farmors röst och känna hennes lättnad över att vi levde var något av det mest tröstande jag någonsin upplevt. Farmor försäkrade att hon skulle informera resten av familjen hemma i Sverige att vi hade klarat oss bra. Samtalet var kort, men det var tillräckligt för att ge oss den styrka vi behövde för att fortsätta.

Efter samtalet med farmor ringde pappa den svenska ambassaden. Ambassaden instruerade oss om att vi kunde ta oss dit så snart som möjligt och försäkrade oss om att de skulle göra allt de kunde för att hjälpa oss vidare. Dock verkade de inte riktigt förstå allvaret i situationen men vi skulle följa deras råd och ta oss dit så fort vi kunde.

Vice presidenten, märkbart lättad över att situationen inte hade urartat, närmade sig oss igen. Han erbjöd ett vänligt leende och föreslog att vi kunde få stanna i hans sommarbostad uppe i bergen tills allt hade lugnat ner sig. Det var ett otroligt generöst erbjudande – en plats där vi kunde vara trygga, långt från den kaotiska kusten. Han berättade att hans sommarhus var stort och bekvämt, och att det fanns tillräckligt med mat och vatten för att vi skulle kunna stanna där så länge som behövdes. "But you need to find a car and drive there by yourself, since I need to continue working as you understand" sa mannen och gjorde en svepande gest över fotbollsplanen. Jag följde hans gest med blicken och först då insåg jag vad det var som låg staplat runt hela fotbollsplan.

Jag vacklade till. Det var lik.

Ruwan berättade senare samma kväll att vice presidentens besök i staden endast var för att ta beslut i frågan om vad de skulle göra med alla de tusentals lik som numera fyllde staden.

Trots den välvilja som låg bakom vice presidentens erbjudande om att låna ut sin sommarbostad, kändes det fel. Vi ville bara hem. Vi ville inte stanna längre än nödvändigt, hur bekvämt det än kunde vara. Tsunamin hade slitit upp vårt inre på ett sätt vi inte riktigt förstod ännu, och även om vi visste att vi inte kunde återvända till Sverige omedelbart, ville vi ta oss till ambassaden så fort som möjligt. Vi behövde få känna att vi var på väg hemåt, tillbaka till något bekant och tryggt, även om vi visste att världen inte längre var densamma.

"Thank you, but we just want to go home," sa pappa artigt men bestämt, och jag kunde se lättnaden i hans ansikte när vice presidenten nickade förstående.

Efter att ha sagt farväl till vice presidenten och hans eskort, började vi långsamt gå tillbaka till Ruwans hus. Soldaterna stannade kvar vid helikoptrarna, och ljudet från rotorbladen började återigen fylla luften när vi gick. Det var som om allt som just hänt var en overklig dröm, men känslan av att ha talat med farmor och fått instruktioner från ambassaden gjorde att vi kunde andas lite lättare.

På vägen tillbaka var det som om vi hade tagit ett steg närmare att lämna all denna förödelse bakom oss. Tankarna på att åka hem gjorde att vi kände oss lättare, även om vi visste att resan fortfarande var lång.

SJUTTON

Jag satt där i bilen och stirrade ut genom vindrutan medan tankarna snurrade. Jag försökte fokusera på vägen, men minnet av min dotters små händer som klamrade sig fast vid min hals vägrade släppa. Jag hade skyndat mig med överlämningen på förskolan, lyft över henne till en av pedagogerna och vinkat hastigt medan jag försökte ignorera tårarna i hennes ögon. Nu kände jag själv en klump i halsen och hur tårarna brände bakom mina egna ögonlock. Allt jag hade: två friska barn, en fantastisk man, ett tryggt hus, rinnande vatten, elektricitet, tillgång till mat – så självklara saker som jag ofta glömde värdera.

Tankarna gled tillbaka till tiden då vi bodde i den lilla gäststugan, utan rinnande vatten, medan vi byggde huset. Jag var gravid med vår yngsta då, och vi kämpade varje dag för att få allt att gå ihop. Det kändes svårt, men vi hade alltid haft möjligheter. Vi kunde duscha på gymmet, och det fanns vatten i kranen, om än en bit bort. Men där, i bilen, insåg jag hur små dessa utmaningar faktiskt hade varit i jämförelse med de villkor jag bevittnade efter tsunamin på Sri Lanka.

Minnena var lika starka nu som då. Minnet av folkmassan vid bensinstationen kom tillbaka. Hur Ruwan, vår vän och räddare, hade behövt visa sin polisbricka för att vi ens skulle få en chans att tanka. Människor hade stått i kö i timmar, kanske dagar, i hopp om att få tag på några liter bensin. Jag minns hur desperata människor var, hur deras ansikten bar samma uttryck av oro och hopp om att kunna ta sig någon annanstans – bort från förödelsen, bort från hungern, bort från bristen på rent vatten.

Det som vi då betraktade som självklart – vatten, bensin, mat – var där livsavgörande resurser. På Sri Lanka, efter tsunamin, förgiftades vattnet av saltet, och överallt runt oss plundrades butiker och hem, inte av ondska utan av ren desperation. Jag känner mig så långt borta från allt det nu, sittandes i en bekväm bil på väg till ett jobb som jag kämpat hårt för att få.

Jag suckade och kände hur skuldkänslorna gnagde på mig. Hur kunde jag ha allt detta nu, när de människor jag mötte på Sri Lanka kanske fortfarande kämpar med saknad och svårigheter? Vad är mitt jobb värt egentligen? Är det värt att stressa iväg och lämna min gråtande dotter varje morgon?

2004-12-27
Matara, Sri Lanka

Att ta sig till svenska ambassaden i Colombo skulle visa sig vara lättare sagt än gjort. Trots att vi nu hade en plan och ett mål att ta oss dit, var det tydligt att vägen dit skulle bli både lång och osäker. Ruwan, som varit ute och pratat med lokala myndigheter och andra i staden, kom tillbaka med nyheter som fick oss att inse situationens verkliga allvar.

"Alla vägar längs kusten är bortspolade," berättade han med en tung suck. "Och inte bara vägarna – även tågrälsen har dragits med av vattnet. Hela infrastrukturen har kollapsat." Han såg bekymrad ut när han fortsatte förklara, och vi insåg snabbt att vår resa till ambassaden inte skulle vara enkel.

Vägen längs kusten, som normalt sett var en av de snabbaste rutterna till Colombo, var inte längre farbar. Varje väg som ledde mot huvudstaden hade svepts bort av de massiva tsunamivågorna som rullat in och förstört allt i sin väg. Bilderna som började dyka upp i våra tankar av strandade bilar, tåg som låg välta och broar som kollapsat, gjorde att hela resan kändes mer och mer hopplös.

"Men bergen då?" frågade pappa, med ett hoppfullt tonfall. "Finns det någon väg över bergen som är framkomlig?"

Ruwan skakade på huvudet. "Det är svårt att säga. Innan ni kom hit hade vi problem med skyfall uppe i bergen. Regnet var så kraftigt att vägarna där blev underminerade och på flera ställen har delar av vägarna också spolats bort. Det är möjligt att vissa vägar fortfarande är oframkomliga, men vi har fått höra att det finns en rutt som kanske fungerar."

Trots det allvarliga läget fanns det en strimma hopp. Sumudus bror, som bodde i Colombo, var på väg till Matara via bergen. Han hade varit på väg i flera timmar, och om han lyckades ta sig hela vägen fram, skulle det betyda att det fanns en väg tillbaka till Colombo.

"Om han kommer fram, då vet vi att ni kan ta er fram den vägen," sa Ruwan och försökte ge oss lite hopp. "Det skulle innebära att ni kan undvika kusten helt och köra genom bergen istället."

Men vi kunde alla känna osäkerheten som låg i luften. Vi satt i väntan på nyheter om Sumudus bror, utan att veta om vi ens skulle kunna ta oss vidare. Ovädret i bergen och de förstörda vägarna gjorde att varje steg framåt kändes osäkert. Situationen var oförutsägbar, och även om vi hade en plan, var den fortfarande skör.

Det var märkligt att sitta där, inneslutna i Ruwans och Sumudus hem, och försöka förstå hur vi skulle kunna ta oss till säkerheten i Colombo när allt omkring oss kändes så instabilt. Allt vi kunde göra var att hoppas på goda nyheter om att Sumudus bror hade klarat sig igenom bergen och att vägen fortfarande var farbar.

Men fram tills dess var vi fast i ovisshet. Det kändes som om vi befann oss i ett vakuum – viljan att åka hem och börja återhämta oss från det vi varit med om fanns där, men vägen dit var fylld av hinder. Tsunamin hade inte bara förstört fysiska byggnader och vägar; den hade också raserat vårt förtroende för hur världen fungerade. Vi visste inte längre vad vi kunde förvänta oss.

Samtidigt, mitt i denna osäkerhet, kändes Sumudus bror som vår sista länk till en möjlig väg framåt. Om han klarade det, skulle vi också kunna göra det. Och om det fanns en väg över bergen, kanske det skulle ge oss den frihet vi behövde för att lämna denna plats och påbörja vår resa hemåt.

På eftermiddagen samma dag fick jag och Olof följa med Chamali och Anjali när de gick runt i staden för att ta avsked av släktingar och vänner som hade omkommit i tsunamin. Det var en dag fylld av både sorg och stillhet, där varje steg kändes som en del av en långsam process av förlust. Vi gick längs smala gator mellan husen, genom kvarter som fortfarande bar så många spår från katastrofen. Runt omkring oss syntes förödelse – hem som hade spolats bort, förstörda vägar och människor som satt utanför sina hem, tomma och trötta i blicken.

Chamali och Anjali ledde oss tyst fram, och vi följde dem som främlingar i en värld vi inte riktigt förstod. När vi kom fram till de hus där någon hade omkommit, fick vi bevittna en del av den lankesiska kulturen som var både vacker och djupt gripande. På Sri Lanka är det vanligt att de döda placeras i sina hem efter döden, oftast på köksbordet. Kroppen är omringad av blommor, som om de döda omges av naturens vackraste gåvor. Det var en syn som kändes både lugnande och samtidigt överväldigande.

I västvärlden är döden ofta något som hålls på avstånd, något som sker på sjukhus eller i en kyrka. Men här, mitt i byn, var döden en närvarande verklighet. Den blev en del av hemmet, där de kvarvarande familjemedlemmarna och vännerna kunde sörja på ett sätt som var intimt och personligt. Blommorna runt kroppen fyllde rummet med en mild, söt doft, vilket skapade en märklig kontrast till sorgen som låg tung i luften. Det fanns ingen distans mellan livet och döden – de existerade sida vid sida.

Att följa med Chamali och Anjali när de gick från hus till hus för att ta farväl av sina släktingar och vänner var en ögonöppnande upplevelse för oss. Vid varje hus stannade vi till, stod tysta och respektfulla medan de unga flickorna böjde sina huvuden i en gest av sorg och vördnad. Vi förstod snart att detta inte bara var en tradition – det var ett sätt att bevara minnet av de döda, att låta dem vara en del av familjen även efter att deras liv tagit slut.

Vi förstod att begravningsritualer på Sri Lanka är en djup del av kulturen, och de varierar något beroende på religion och tradition, men gemensamt är en respektfull behandling av de döda och ett starkt fokus på gemenskap. Vi visste att majoriteten av befolkningen på Sri Lanka är buddhister, och inom buddhismen spelar begravningsritualer en viktig roll. När någon går bort anses det viktigt att skapa god karma genom att ge en hedervärd begravning. Kroppen tvättas omsorgsfullt och placeras i hemmet, där familjen och vännerna kan ta sitt sista farväl. Ofta omringas den av blommor och ljus, vilket symboliserar den tillfälliga naturen i allt liv och den återfödelse som buddhismen tror på.

Det var både vackert och skrämmande att se dessa ritualer på nära håll. För mig och Olof som knappt varit på en begravning tidigare, var det överväldigande att se den så nära, så närvarande i vardagen. Det fanns något djupt mänskligt i sättet de hanterade sorgen – att få se de döda omringade av sina nära och kära, som om de fortfarande var en del av hemmet. Det kändes som en hyllning till livet och samtidigt en påminnelse om dess flyktighet.

Vi besökte hus efter hus och mötte familjer i sorg. De hade förlorat så mycket, men det var som om de förstod att detta var en del av livets cykel. Barn satt ibland vid de döda kropparna, som om de inte var rädda, utan snarare hade lärt sig att döden är en naturlig del av tillvaron. Det var rörande att se hur de hanterade sorgen – inte genom att förtränga den, utan genom att inkludera den i sina liv.

När vi återvände hem till Ruwan och Sumudu efter vår vandring genom byn, var vi tysta. Det vi hade sett och upplevt låg tungt på oss, men samtidigt kändes det som om vi hade fått en djupare förståelse för hur andra kulturer hanterar döden. Det var en påminnelse om att livet, hur skört det än må vara, alltid fortsätter på något sätt. Och här hade de döda inte lämnats ensamma – de fanns fortfarande kvar, i sina hem, omringade av blommor och kärlek.

Vid middagen så var nu hierarkin annorlunda i jämförelse med föregående kväll. Ruwans syster var nu överhuvud och leddes först till bordet. Eftersom hon hade rest en bit stannade hon över natten. Kvällens middag var något speciellt – Sumudu hade dukat fram de vanliga smårätterna, men för Ruwans syster serverades även en särskild rätt: en curryfisk som tydligen var hennes favorit. Vi blev också erbjudna att smaka, och artigt tog vi varsin liten, liten bit. Det var allt som behövdes – en enda tugga var tillräckligt för att få våra ögon att tåras och munnen att brinna av hetta.

Vi försökte hålla masken, men Sumudu och flickorna kunde inte hålla sig för skratt när de såg våra ansträngda försök att äta utan att visa hur överväldigade vi var av den starka smaken. Deras glada skratt fyllde rummet medan vi nickade uppskattande och svalde snabbt för att dämpa brännan. Vi tog bara en enda tugga av fisken – mer än så hade vi inte klarat.

Det var tydligt att denna rätt var något speciellt för familjen, och även om jag knappt kunde hantera hettan, gjorde jag mitt bästa för att visa respekt. Samtidigt blev det ett tillfälle för oss att skratta tillsammans, och Sumudu verkade lika road som vi själva över våra försök att uthärda den starkaste maten vi någonsin smakat.

Sent den kvällen dök Sumudus bror, Nimal, upp på sin motorcykel med samma varma och smittande leende som sin syster. Trots det kaos som rådde i landet, verkade han oförtröttligt positiv. Han ställde ifrån sig den fullpackade motorcykeln i trädgården och klev in, full av energi, trots att han måste ha rest i timmar på svåra vägar. Vi var snabbt ute allihop och bar in mat och vatten för att det inte skulle bli plundrat.

"Vägarna är svåra att färdas på," sa Nimal på knagglig engelska och med ett stort leende, "men det ska nog gå." Hans optimism gav oss ett strimmigt hopp i allt mörker. Han lovade att köra oss dagen efter om vi kunde få tag på bensin. Det lät enkelt när han sa det, men vi visste att logistiken i denna situation var allt annat än enkel.

Nimal hade en vän i Matara som ägde en minivan. Den vännen, som också skulle följa med på resan för att ta sig till Colombo, hade gått med på att ta oss med. Trots att hoppet nu kändes större att vi skulle få komma hem hade vi återigen svårt att sova. Upploppen eskalerade i takt med mörkrets framfart och nu var det riktigt kaotiskt utanför. Jag var livrädd. Vi hade både mat och vatten plus pengar här inne. Visste den beväpnade folkmassan utanför om det? Helikoptrar körde fortfarande lika frenetiskt och skottsalvor hördes med allt tätare avstånd.

När gryningen kom kändes det befriande. Det var som att staden lugnade sig strax innan tuppen gal. Eller om jag hade lyckats somna strax innan? Jag visste inte riktigt. Morgondagen var hursomhelst här och äntligen skulle vi påbörja vår hemfärd. Hoppades vi.

Tidigt på morgonen svängde minivanen upp framför huset. Först då insåg vi att det inte var en vanlig persontransport – den hade blivit omgjord för att köra material och var mer av en lastbil än ett passagerarfordon. Det fanns endast två riktiga säten, och resten av utrymmet var omgjort för att transportera varor och byggmaterial.

"Vi ska nog fixa det," sa Nimal med sitt sedvanliga leende. De skruvade snabbt upp två plankor i bagageutrymmet, där vi skulle sitta. Det var långt ifrån bekvämt, men i den situation vi befann oss i kändes det som en lyx att bara ha en väg ut. Plankorna gav oss i alla fall en plats att sitta på, och vi var mer än villiga att göra vad som helst för att kunna lämna Matara.

Bensinen visade sig vara en betydligt större utmaning än vi hade föreställt oss. När vi promenerade bort mot bensinstationen med två dunkar som skulle fyllas blev det tydligt hur desperat situationen verkligen var. Kön sträckte sig flera hundra meter längs vägen, fylld av otåliga människor som höll sina bensindunkar krampaktigt i händerna medan de väntade. Ruwan vinkade till oss att hålla sig nära honom. Jag såg att han tagit på sig sin tjänstepistol och hade sin polisbricka redo när han med målinriktade steg passerade förbi kön av desperata människor. Vi gjorde vad vi kunde för att hålla jämna steg förbi den upprörda kön som bara blev än mer upprörda när de såg att vi gick före. När vi närmade oss själva bensinstation såg jag att militär och polis hade spärrat av bensinstationen. Ruwan visade sin legitimation för vakthavanden och vi släpptes förbi avspärrningen.

Jag förstod ingenting. Människor hade väntat i timmar, kanske till och med dagar, för att få tillräckligt med bränsle för att kunna lämna denna plats som alltmer kändes bortglömd av omvärlden men ingen fick röra bensinen. Lite längre bort bröt ett våldsamt slagsmål ut; vi såg hur en ung man blev brutalt nedslagen efter att han försökt sno åt sig lite bränsle. Paniken låg som ett tungt täcke över alla som väntade i kön; alla visste att utan bensin var de fast här, och utan mat och vatten var det bara en tidsfråga innan situationen skulle förvärras ytterligare.

En grävmaskin mullrade igång bredvid mig och jag hoppade högt av rädsla. Jag hade stått i mina egna tankar och inte märkt att den stora jättemaskinen hade tankat klart och nu skulle köra vidare.

"Pappa" viskade jag. "Vad är det som händer?"

"Dom har spärrat av alla bensinstationer." förklarade han. "Det är endast polis och militär som kan hämta ut bensin."

Det kändes långt ifrån rättvist. Många av människorna där hade väntat otaliga timmar, och vi kunde känna blickarna av skuld och avund riktas mot oss. Men samtidigt förstod vi att detta kanske var vår enda chans – inte bara för oss, utan också för Ruwans familj. Om vi kunde ta oss härifrån skulle vi kunna minska bördan på dem. Vi visste att Sumudu och Ruwan redan hade delat allt de hade med oss, och varje extra dag vi stannade innebar ännu mer mat och vatten som behövde delas på fler personer.

Med bensinen i bilen var vi nu redo att lämna Matara. Det kändes som om en sten hade lyfts från våra axlar, men skulden låg kvar. Vi visste att vi hade fått en fördel som inte alla andra i kön hade, men i det ögonblicket handlade allt om överlevnad – och vi var tvungna att ta de chanser vi fick.

ARTON

Mitt under ett av dagens möten, där samtalet kretsade kring siffror och strategier, insåg jag att jag hade fått nog. Värderingarna i rummet stod i skarp kontrast till vad jag själv ansåg vara viktigt – det som verkligen betyder något i livet. Plötsligt kändes rummet trångt, luften tung, och jag slutade höra vad som sades. I jämförelse med de insikter jag burit med mig från tidigare prövningar, framstod allt omkring mig som ytligt och meningslöst.

Mina tankar for tillbaka till natten som just passerat, där minnen från Sri Lanka hade sköljt över mig. Där, mitt i kaoset efter tsunamin, hade jag sett det värsta och det bästa hos människor – en verklighet som lämnade noll utrymme för ytliga konflikter och maktspel. Livet handlade om överlevnad, om att hålla ihop och stötta varandra.

Mötet fortsatte, men jag reste mig långsamt, samlade mina saker och gick fram till koncern vd:n. "Jag måste prata med dig," sa jag med en lugn men bestämd röst. Vi lämnade rummet, och när vi kom ut i den tysta korridoren sa jag det som jag burit inom mig i veckor, kanske månader.

"Jag säger upp mig," sa jag utan att tveka.

Chocken i hans ansikte fick mig nästan att le, men jag höll fast vid min bestämda ton. "Jag kan inte längre vara en del av det här – allt det här är så långt ifrån vad som är viktigt för mig. Jag har insett att jag vill lägga min tid och energi på något som betyder mer."

När jag lämnade kontoret kände jag en lättnad jag inte upplevt på länge. Luften utanför kändes nästan surrealistisk, och medan jag gick mot bilen växte en frihetskänsla inom mig, starkare för varje steg.

På vägen hem, medan landskapet svepte förbi utanför, tog jag upp telefonen och slog numret till min man.

"Hej älskling," sa jag, och jag kunde inte dölja den lätta och förväntansfulla tonen i min röst.

"Hej! Hur går det?" frågade han glatt.

"Vet du, jag har sagt upp mig."

Det blev tyst på linjen en sekund, men jag kunde nästan höra hur hans leende bredde ut sig. "Du gjorde det? Det var väl på tiden!"

Jag skrattade lätt. "Ja. Äntligen. Det var dags. Jag kan inte längre vara en del av allt det där. Bråk och gnabb. Jag har ingen energi kvar för det. Jag vill ha tid och energi att göra något som faktiskt betyder något."

Vi pratade en stund om mitt beslut, om hur länge jag hållit det inom mig, och när vi lade på kände jag mig starkare. Jag visste inte exakt vad som väntade nu, men en sak var säker – jag var fri från det som hade tyngt ner mig, och jag var redo att skapa något eget. Något som verkligen betydde något.

2004-12-28
Matara, Sri Lanka

Och så var det dags att ta avsked. Jag hade tappat räkningen på hur länge vi egentligen hade bott hos Ruwan, Sumudu och deras döttrar. Jag tror att det bara var två nätter, men i den kaotiska världen vi levde i kändes det som en evighet. Trots den korta tiden hade vi blivit en del av deras liv och de en del av vårt, på ett sätt som bara uppstår i extrema situationer. Vi hade delat måltider, skratt och stunder av förtvivlan, och det fanns en känsla av ömsesidig respekt och tacksamhet som hängde i luften när vi gjorde oss redo att ge oss av.

När jag tog avsked kändes det som om orden inte räckte till. Vi kramades och bockade och bugade för att visa vår uppskattning och respekt på alla sätt vi kunde komma på. Ruwan och Sumudu hade öppnat sitt hem för oss när vi var som mest utsatta, och nu skulle vi lämna dem mitt i deras egen kamp för att återgå till något som liknade ett normalt liv. De hade delat allt de hade med oss, och det kändes som om inga gester kunde uttrycka hur tacksamma vi var.

Vi lämnade merparten av de pengar vi hade med oss hos dem, allt som inte redan hade gått åt till att köpa bensin och betala för att vi fick åka med i minivanen. Vi visste att de skulle behöva pengarna mer än vi. Det var en liten gest, men det var det enda vi kunde göra för att visa vår uppskattning för deras generositet och värme. Pengarna skulle kanske inte förändra deras liv, men vi hoppades att det kunde hjälpa dem i den närmaste tiden, när mat och vatten börjar ta slut i staden.

När vi satte oss i den skramliga minivanen och började köra ut ur Matara, blev omfattningen av tsunamins förödelse ännu mer påtaglig. Vägarna kantades av massgravar – provisoriskt uppgrävda och fyllda med kroppar, som om katastrofens omfång hade varit för stort för att människorna här ens skulle hinna sörja. Jag såg på dessa gropar i marken och mindes lektionerna om andra världskriget i skolan, om de massgravar som grävts för att hantera de stora dödstalen i läger och på slagfält. Det här var annorlunda, men ändå liknade det jag såg nu den bild som historieläraren hade försökt förmedla – högar av döda som låg i långa rader bredvid stora hål i marken. Detta var ett tvingat farväl där tiden för respekt och riter helt enkelt inte fanns.

Kropparna låg täckta av enkla skynken eller ibland helt öppet, bara insvepta i det de haft på sig. Arbetare och militär rörde sig snabbt mellan de provisoriska gravarna och de stora grävmaskinerna, som om varje sekund räknades. Nu förstod jag varför det bara var grävmaskiner som släppts igenom vid bensinstationen. Kroppar måste begravas innan de började ruttna, och den intensiva värmen gjorde det ännu mer brådskande. Jag kunde se det tunga arbetet i deras ansikten – deras ögon verkade matta, deras rörelser nästan automatiserade, som om de hade lämnat allt utom själva överlevnadsinstinkten bakom sig.

Jag tänkte på vad Ruwan sagt om att stillastående vatten, förstört av saltvattnet, nu var farligt att dricka, och att bakterier kunde spridas snabbt i denna tropiska värme. Jag förstod att detta var ett försök att bevara hälsan hos de överlevande. Att man inte hade annat val än att snabbt och effektivt begrava kropparna.

Men det var något djupt orättvist i den synen. Dessa människor skulle aldrig få sina riktiga begravningar. Familjer skulle aldrig veta exakt var deras nära och kära låg begravda, och de flesta skulle inte ens få möjlighet att ta farväl. Minnet av dessa massgravar skulle leva kvar som en kollektiv sorg för generationer, som en plats där namn, historier och minnen begravts under jord utan chans till individuellt erkännande.

Den tunga lukten av förstörda liv blandades med dammet och lukten av rök från Nimals cigarett. Vi satt tysta i minivanen, ingen av oss sa ett ord. Vad fanns det att säga? Det kändes som om varje ord skulle ha varit för litet för att fånga det vi såg och kände. Tsunamin hade tagit så många liv, och vi tillhörde de som lyckats överleva. Känslan av överlevnad blandades med en djup sorg över de liv som gått förlorade.

När vi passerade några av de improviserade gravplatserna såg vi människor som stod och tittade ner i marken, deras ansikten fyllda av sorg och uppgivenhet. Det var som om världen hade stannat, och vi färdades genom en frusen bild av förödelse och mänsklig tragedi. Människor klättrade runt bland uppsvällda och blåslagna lik i hopp om att hitta sina anhöriga, eller kanske i hopp om att inte hitta dem. Barn satt vid sina döda föräldrar, gamla män och kvinnor stod med tomma blickar vid gränsen till de provisoriska massgravarna. Det var en bild av kaos och förlust, en bild jag aldrig skulle kunna glömma.

Jag förstod nu, mer än någonsin, att vi hade haft tur. Vi hade överlevt och fått hjälp av människor som själva kämpade för sina liv. Men överlevnad kom med ett pris – att bära med sig dessa bilder och minnen, att känna den skuld som följer med att ha klarat sig när så många andra inte gjorde det. Det var för mycket för att ta in. Jag slöt mina ögon och i ett hopplöst försök att få bort synerna från näthinnan.

Minivanen skramlade vidare, och medan vi lämnade Matara bakom oss, visste jag att vi inte bara lämnade en stad i förödelse – vi lämnade också en del av oss själva. Vi lämnade vänner som vi kanske aldrig skulle få se igen, och vi lämnade en plats som förändrat oss för alltid.

NITTON

Den kalla höstluften tränger in genom jackan och får mig att vakna ur mina tankar. Än en gång har jag fastnat i reflektioner kring det förflutna, kring den otroliga skulden som följt mig genom åren. En skuld som, likt ett svagt, ihärdigt eko, har pulserat inom mig sedan jag kom hem från Sri Lanka. Varför just jag? Varför fick just jag och min familj återvända till tryggheten, medan så många andra lämnades kvar?

Jag minns den overkliga känslan av att lämna kaoset bakom mig. Att sätta mig på ett plan och återvända till Sverige, att komma hem till ett liv där vatten, elektricitet och mat aldrig var en fråga. En ofattbar lyx, inser jag nu, men en lyx jag tog för given då. Hur många gånger har jag inte tänkt på dem som aldrig fick den möjligheten? På alla de som blev kvar, fast i en värld full av förluster, förstörd av en naturkraft ingen kunde hindra.

Den inre rösten viskar ständigt om skulden jag känner mot dem som dog, de som förlorade sina nära och kära – både de som var där och de som satt hemma i Sverige och förlorade någon de älskade. Så många miste sitt liv i jakten på några veckors paradis, medan jag bara behövde packa min ryggsäck och flyga hem.

När jag reflekterar djupare inser jag en annan sida av skulden. Det finns en sorg som bott i mig länge, men ibland känns det som om jag inte har någon rätt att vara ledsen. Min familj överlevde ju. Vi är alla vid liv, och efter katastrofen fick vi återvända till en trygghet som många aldrig skulle uppleva. Vad har jag egentligen att vara ledsen över? Varför skulle jag känna sådan stark sorg när min berättelse trots allt slutade så lyckligt?

Ändå skaver det, och jag förstår nu att det är den olösta känslan av skuld och sorg som har hållit mig tillbaka så länge. Men varför måste jag känna skuld bara för att jag blir ledsen när minnena kommer tillbaka? Är det verkligen så fel att känna sorg, även när jag har haft turen att överleva? Jag börjar förstå att min sorg är lika verklig som någon annans, även om den ser annorlunda ut.

Kanske är det dags att släppa skulden. Jag kommer alltid att bära med mig minnena från Sri Lanka, men kanske kan jag börja acceptera, jag vet ju att det inte var mitt fel. Naturkatastrofen, vågen, döden – inget av det låg inom min kontroll. Jag fick en andra chans, och det enda jag kan göra är att leva med den insikten.

2004-12-28
Matara, Sri Lanka

Timme efter timme färdades vi på dåliga vägar, omgivna av ett landskap som både var vilt och vackert. Vägarna var skumpiga och fulla av hål, och med varje gupp kändes det som om jag sjönk djupare in i den hårda träplankan vi satt på.

Träsmak fick en helt ny betydelse för mig den dagen, och smärtan i ryggen och benen växte för varje kilometer.

Då och då mötte vi militärfordon med röda kors målade på sidorna, som transporterade skadade och förnödenheter. Deras närvaro var en påminnelse om allvaret i situationen, men det kändes samtidigt märkligt avlägset där vi färdades genom det otroligt vackra landskapet. Utanför fordonet sträckte sig teplantagen ut sig i en blandning av tät djungel så långt ögat kunde nå. Allt var så grönt och levande, som om naturen här var något helt annat än det vi lämnat bakom oss.

Jag försökte fokusera på de vackra vyerna istället för smärtan i kroppen. Jag såg bönder som arbetade i fälten, trots att världen runt dem hade förändrats så drastiskt. Djungeln kändes oändlig, med frodiga träd och växter som sträckte sig mot himlen. Det var som om varje del av naturen hade sin egen rytm, en rytm som stod i stark kontrast till det kaos och förödelse vi hade lämnat bakom oss i Matara.

På ett ställe fick vi alla kliva ur bilen. En del av vägen hade spolats bort av tidigare monsunregn, och fordonet kunde inte ta sig över på egen hand. Vi tvekade inte, utan ställde genast upp och puttade tillsammans för att få minibussen över det skadade vägavsnittet. Det var en fysisk ansträngning mitt i resan, men också ett skönt avbrott och ett slags samarbete som gav oss en känsla av samhörighet – vi var alla fast beslutna att ta oss framåt, vad som än krävdes.

Jag vet inte hur länge vi färdades över bergen, men när vi till slut nådde Colombo var det sent. Vi var trötta, hungriga och smutsiga, och varje del av kroppen värkte efter den långa resan.

När vi äntligen körde in i Colombo, möttes vi av en syn som skar i hjärtat. Vita tygremsor hängde överallt, längs gatorna, från träd och lyktstolpar. Det såg spöklikt ut. Remsorna vajade i den svaga vinden och gav en kuslig känsla.

Nimal, som satt bredvid föraren, vände sig om och såg min förvirrade blick. "Det är en gammal sed", förklarade han lugnt. "Vita band hängs upp för att hedra de döda. Det är vårt sätt att visa respekt och sörja de som gått bort."

Jag nickade tyst, men det var som om hela kroppen knöt sig av att se så många vita band överallt. Det var inte bara ett par eller några få – det var hundratals, kanske tusentals. Varje remsa representerade ett liv som ryckts bort, en familj som nu var i sorg. Jag kunde inte sluta stirra på dem. Det kändes som om bandens stilla rörelser berättade historier – om plötsliga dödsfall, om kaoset och om hur snabbt livet kunde förändras. En påminnelse om döden och sorgen som genomsyrade hela landet. Det var som om staden själv var i sorg, som om varje gatsten och byggnad bar på ett tyst lidande

Det kändes surrealistiskt att se denna stora stad, med alla sina människor, ändå fortsätta sin vardag mitt i förödelsen. Livet gick vidare, men sorgen fanns överallt – inte bara i de vita remsorna, utan i människors ansikten, i deras långsamma steg och tysta samtal.

Nimal förblev tyst, men jag kunde se hur även han sneglade ut genom fönstret då och då, som om varje remsa också påminde honom om något han helst ville glömma.

När minibussen stannade utanför svenska ambassaden, kramade vi Nimal farväl. Han hade varit vår räddning och en del av den livlina som hade tagit oss genom landet. Vi tackade både Nimal och fordonsägaren för all hjälp innan de körde iväg in i kvällens mörker.

Utanför ambassaden stod en vakt i en liten kur. Han släppte in oss efter att vi visat våra pass. Det kändes märkligt att stå där, framför de höga, solida grindarna, som om vi var på väg att kliva in i en värld långt bort från den förödelse och smuts vi nyss lämnat bakom oss. När vi passerade grindarna kände jag mig otroligt malplacerad. Buskarna var klippta i perfekta fyrkanter och gräsmattan var orimligt välskött, särskilt med tanke på vad vi just hade upplevt i Matara. Kontrasten var svindlande. Vi följde vägen fram till den palatsliknande byggnaden, och med tunga steg klev vi in genom dörrarna.

Inne i ambassaden kom vi in i ett väntrum som var kliniskt rent och kalt. På andra sidan en stor glasvägg satt en dam och åt en banan, som om hon inte ens lade märke till oss. Tröttheten och hungern sög i oss, och jag väntade hoppfullt på att hon skulle erbjuda oss något. Det hade känts som en naturlig gest efter den resa vi just gjort, men frågan kom aldrig. Och ingen av oss frågade heller.

I väntrummet satt ett yngre par, som såg lika slitna och utsatta ut som vi kände oss. De hade förlorat allt – allt utom de trasiga kläderna de bar på kroppen. Vi hörde hur damen bakom glaset bad dem fylla i papper för att kunna låna pengar av ambassaden och göra nya pass. Det var så de skulle kunna ta sig hem. Jag stirrade på dem och undrade vad det var för slags ställe vi kommit till. Var inte ambassaden en plats där man kunde få hjälp när man var utsatt? Var det inte dit man skulle vända sig när man behövde stöd?

När det blev vår tur förklarade vi att vi, på ambassadens rekommendation, tagit oss hela vägen hit. Vi hade lyckligtvis kvar våra pass och lite pengar, något som vi förstod nu var mer än många andra hade. Damen bakom glaset såg på oss och svarade torrt: "Ja, men då är det inte så mycket mer vi kan göra för er." Hon tog en paus och fortsatte sedan: "Vi kan rekommendera ett bra hotell och en restaurang i närheten om ni är hungriga?"

Pappa, som redan var trött och irriterad, såg på henne med en blandning av förvirring och frustration. "Kan vi inte sova här?" frågade han.

"Nej, det går ju inte," svarade hon utan att ens blinka. "Men det här hotellet är bra, och de har en väldigt bra restaurang också." Hon sträckte fram en broschyr, som om det var den mest självklara lösningen i världen.

"Finns det något flyg hem?" spottade pappa till slut ur sig när han återfick talförmågan, nu märkbart mer irriterad.

"Det vet vi inte," svarade damen lika nonchalant. "Men ni kan åka till flygplatsen för vidare instruktioner."

När vi kom ut på gatan igen var pappa fly förbannad. "Jag har aldrig varit med om maken till sämre bemötande!" utbrast han. Vi andra höll med, men tröttheten gjorde det svårt att riktigt uttrycka vad vi kände. Vi började gå mot restaurangen och hotellet som vi blivit rekommenderade. När vi kom fram och stod utanför den enorma, lyxiga byggnaden, kändes det som om vi hade klivit in i en helt annan värld. Personalen stod i kostymer och tittade lite märkligt på oss, och vi såg hur deras blickar drog sig till våra smutsiga kläder och slitna ansikten. Jag var så utmattad och nedgången att jag knappt kände igen min egen spegelbild som syntes i de stora glasrutorna, och jag kände mig otroligt malplacerad i denna överdådiga omgivning.

"Vi kan inte gå in här," sa mamma bestämt. "Det är fel mot alla människor som inte ens har mat på bordet." Och vi andra var helt överens. Att sätta oss på en lyxrestaurang, medan människor några mil bort kämpade för sin överlevnad, kändes helt orimligt.

"Vi testar att åka till flygplatsen istället," sa pappa, och försökte vinka till sig en taxi. Kanske skulle flygplatsen kunna ge oss den hjälp vi behövde – inte bara för att komma hem, utan för att förstå vad vi just hade varit med om.

TJUGO

*Den kvällen, när lugnet lagt sig över huset och barnen låg och sov,
kände jag en orolig klump i magen. Paniken hade börjat smyga sig
på redan på vägen hem, men jag hade tryckt undan den, försökt
hålla mig lugn. Nu, i stillheten, slog den till med full kraft. Vad
hade jag egentligen gjort? Att säga upp mig, bara så där. Tanken
hade känts rätt i stunden, men nu kändes den nästan orealistisk,
som ett impulsivt infall jag kanske skulle ångra. Fan att jag jämt
skulle vara så impulsiv. Jag förbannade mig själv.*

*Jag satt vid köksbordet med händerna hopknäppta framför mig och
stirrade på dem, som om de höll svaren jag behövde. Utan min höga
lön – vad skulle hända då? Jag såg framför mig alla räkningar,
barnens aktiviteter, familjens vardag. Skulle vi behöva ge upp allt
det där? Det kändes tungt, nästan som om en mur reste sig framför
mig och blockerade alla vägar, och hela situationen kändes just nu
hopplös.*

*Just då kom min man in i rummet. Han såg genast att något var fel,
satte sig bredvid mig och lade sin hand på min. "Det är klart vi*

klarar oss," sa han mjukt. Jag funderade. "Vad tror du om att försöka hyra ut huset ett tag och flytta till gäststugan igen?" Vi hade gjort det en gång tidigare – bott i gäststugan under den tid huset byggdes. Visst var det en utmaning att leva på små ytor, men vi hade klarat det. Och det hade också fört oss närmare varandra, gett oss stunder av samhörighet.

"Det gör vi," svarade han. "Vi ser det som ett äventyr."

Jag kände mig så tacksam mot honom och något lättare till sinnet. Men fortfarande malde tvivlen i bakhuvudet, och jag visste att de inte skulle försvinna över en natt.

2004-12-28
Matara, Sri Lanka

I taxin på väg till flygplatsen var pappa rasande. "Hur fan kan dom rekommendera ett jävla lyxhotell när landet är i spillror". Mamma satt tyst och nickade medhållande med tårar i ögonen. Hon hade inte sagt mycket de senaste dagarna. Inte Olof heller.

Klockan hade nu passerat midnatt, och när vi närmade oss terminalen blev det tydligt att vi inte var de enda som försökte lämna Sri Lanka. Det rådde febril aktivitet överallt. Det var som om hela världen hade samlats på en och samma plats, men trots människomassorna var stämningen dämpad. Ett tungt, nästan tryckande lugn låg över området, och det var få som pratade högt.

Vid ingången till flygplatsen stod flygvärdinnor i snygga uniformer och delade ut vattenflaskor och inplastade

158

trekantssmörgåsar till varje passagerare som anlände. De stod där med sina bländande leenden, trots att deras trötta ögon avslöjade de långa timmarna de måste ha jobbat. De gav också instruktioner till alla som kom in. "Alla med pass, ställ er i kön till höger," sa de vänligt, men bestämt. "Och alla utan pass, ställ er i kön till vänster." Det var en imponerande arbetsinsats, och de hanterade situationen med en nästan militärisk precision. Inget ifrågasattes, ingen protesterade – alla bara följde instruktionerna.

Trots den febrila aktiviteten var det en tyst stämning på flygplatsen. Människor viskade till varandra, och många stod tysta, utmattade och fysiskt nedbrutna av de senaste dagarnas händelser. Vi följde instruktionerna och ställde oss i kön för passinnehavare. Det kändes som att vi alla var en del av något större, ett tyst samförstånd om att vi hade överlevt och nu bara ville hem.

Där i kön såg jag plötsligt några bekanta ansikten längre fram. Det var den svenska familjen som vi hade träffat i Mirissa. Trots allt som hade hänt, kände jag en våg av lättnad sprida sig inom mig när jag såg dem, även om de såg lika slitna och chockade ut som vi. Mamman, Agneta, hade en arm i gips, lindad och skyddad, och de stora påsarna under hennes ögon vittnade om många sömnlösa nätter. Men det viktigaste var att de alla var vid liv. Vi gick fram till dem, och efter en stund av långa, tysta omfamningar och korta, hesa ord om lättnaden över att vi hade överlevt, började de långsamt berätta om vad de hade varit med om.

Agneta förklarade att ägarna av bungalowerna, där vi alla bott, också hade klarat sig, vilket kom som en lättnad. Jag kände hur spänningen i min kropp släppte något, även om den fortfarande låg tung över oss. Att veta att de överlevt kändes som ett litet ljus i allt mörker. Hon berättade också att de franska barnen, de som vi brukade se springa längs stranden, hade överlevt – men det hade varit nära.

"Det var kocken Ravi," sa hon med en röst fylld av tacksamhet. Hennes ögon fylldes med tårar när hon såg på oss. "Han tog de två små pojkarna i varsin hand och sprang allt vad han orkade upp mot bergen. Han räddade deras liv."

Det var som om varje berättelse var en ny chock, en ny verklighet vi var tvungna att ta in. Bilderna av de franska pojkarna, skrattande och lekande på stranden, kontrasterades nu mot tanken på dem skrikande, hållande i kockens händer medan de flydde för sina liv. Min mage knöt sig.

Pierre, pappan i den franska familjen, hade varit ute och surfat när tsunamin slog till. Agneta förklarade hur han mirakulöst nog lyckats klamra sig fast vid sin bräda och på något sätt överlevt de enorma vågorna. Det var en berättelse som kändes overklig – som om ingen människa kunde överleva ett sådant kaos. Vi stod tysta och försökte förstå, men vissa saker var bortom vårt förstånd.

Men mitt i dessa historier om överlevnad, fanns också djup tragedi. Mamman berättade med låg, darrande röst att den brittiska damen Margaret, som bott på samma plats som vi, hade hittats död i ruinerna av sin bungalow. Och den franska mamman, Pierres fru, var fortfarande försvunnen. Ingen hade sett henne sedan vågorna svepte in över stranden, och sökandet pågick fortfarande, men hoppet verkade vara så gott som förlorat. Vi stod där, och i tystnad delade vi deras smärta.

"Trädkojan som tillhörde det där surf-gänget... det finns ingenting kvar av den," fortsatte Agneta. "De hade festat sent på juldagen, och troligtvis sov alla när vågorna kom. Ingen av dem överlevde."

Att höra om de unga surfarna – så levande och fria när vi hade sett dem sist – och nu tänka att de inte längre fanns var överväldigande. Jag kunde nästan höra deras skratt i bakhuvudet, höra musiken från deras fest, och jag kände hur verkligheten sjönk allt djupare in i mig. Det här var ingen mardröm vi kunde vakna upp från. Detta var vår nya verklighet.

När vi stod där, omgivna av överlevande på flygplatsen, med människor som bar samma tomma, utmattade uttryck, började det sjunka in vad vi alla hade gått igenom. Att vi överlevde var ett mirakel, men det var också ett enormt ansvar. Jag tänkte på alla de människor vi hade mött – ansikten som nu var förlorade för alltid. Sorgen och lättnaden blandades på ett sätt som jag inte visste hur jag skulle hantera.

Vi tog avsked från den svenska familjen, men när vi kramade om dem förstod vi alla att vi aldrig riktigt skulle ta farväl. Vi delade något som ingen annan kunde förstå, ett band skapat i en av de mest skrämmande och tragiska upplevelserna i våra liv. Vi visste att ingen av oss någonsin skulle glömma dessa dagar, och vi visste också att vi aldrig skulle glömma de människor vi förlorat.

Vi sov på golvet i kön, tillsammans med hundratals andra människor från olika delar av världen. Jag tittade mig omkring på människorna som låg sida vid sida – en märklig blandning av människor, som alla delade samma mål: att ta sig bort från katastrofen och hem till säkerheten. Det var en surrealistisk syn, människor sovande på sina ryggsäckar, insvepta i kläder de haft på sig i flera dagar. Ingen klagade, ingen verkade ens märka obehaget längre. Vi hade alla blivit vana vid denna nya verklighet.

Flera timmar senare fick vi besked om att vi skulle få åka med ett flyg till Prag dagen efter. Det skulle vara ett evakueringsflyg för européer från olika länder. Trots lättnaden över att vi äntligen hade en väg hem, fanns det en viss osäkerhet i luften. Vi visste att inget var säkert förrän vi faktiskt satt på planet och var på väg.

När vi till slut klev ombord på flygplanet och spände fast oss i sätena, kändes det som om vi äntligen kunde andas ut. Men det blev snart tydligt att resan inte skulle vara lika enkel som vi hade hoppats. Planet mellanlandade i Dubai, men ingen av oss fick gå av. Vid dörröppningen stod militärer med vapen, som övervakade varje rörelse. Vi förstod snabbt att deras uppdrag var att se till att ingen lämnade flygplanet – då vissa av oss saknade både pass och resedokument.

Flygplanet tankades, och vi satt där, fastspända och trötta, medan allt skedde runt oss. Det var en märklig känsla att vara så nära en annan stad, en annan plats, men ändå så långt bort från den. Militärerna stod orubbliga vid dörrarna, och det kändes som om vi var fångar i vårt eget transportmedel, trots att vi visste att de gjorde det för att säkerställa ordningen.

Efter vad som kändes som en evighet, lyfte vi igen. Vi visste att vi snart skulle vara på väg hem, men känslan av overklighet dröjde kvar. Det var som om världen utanför hade stannat upp, medan vi färdades genom den i vår bepansrade låtsasfågel.

När vi äntligen satte kurs mot Prag, kände vi att vi kunde börja släppa på den anspänning som hållit oss i ett fast grepp. Vägen hem var fortfarande lång, men vi var ett steg närmare tryggheten och ett steg längre från katastrofen.

Bland oss passagerare på planet rådde en tystnad som kändes nästan tung att bära. En man med ett gipsat ben satt i en av stolarna framför oss, med ett bandage virat runt huvudet. Han kved tyst för sig själv, som om varje rörelse orsakade honom smärta. Trots att vi befann oss på väg bort från katastrofen, var det tydligt att ingen riktigt hade lämnat den bakom sig. En kvinna på andra sidan gången satt lutad mot flygplansfönstret och grät tyst. Hennes skuldror skakade svagt medan tårarna rann längs hennes kinder. Alla ombord var sargade, både fysiskt och psykiskt.

Vi var alla på väg mot säkerheten, men ingen av oss kunde undvika att känna tyngden av vad vi lämnat bakom oss. Flygplanet som förde oss bort var fyllt av både lättnad och sorg, och även om vi satt tysta var vi alla en del av samma sorgliga kapitel.

TJUGOETT

Nästa kväll när jag lade barnen kändes det som om världen stannade upp. Jag låg i sängen mellan mina två små barn och kände deras varma kroppar nära, deras andetag mjuka och regelbundna. Jag läste ur deras favoritbok, den berättelse de alltid bad om, trots att de redan kunde den utantill. Det var något tryggt i de välbekanta orden, något som fick barnen att sakta glida in i en trygg, djup sömn.

När jag läste om den modiga lilla kaninen som trotsade sin rädsla och gav sig ut på äventyr, såg jag i ögonvrån hur min dotter slöt ögonen och log sömnigt. Min son, som alltid försökte hålla sig vaken till slutet, drog täcket tätare om sig och lade sitt huvud mot min arm. Jag strök honom över håret och fortsatte läsa med låg, mjuk röst, nästan som i en viskning.

Det slog mig plötsligt att det här var allt som verkligen betydde något. Barnen. Deras värme, deras förtroende. Allt jag gjorde, varje val jag fattade, var för dem. Deras små händer som höll fast i min fyllde mig med en kärlek så stark att den nästan gjorde ont. Den här stunden, denna stillhet, var det jag alltid ville skydda.

När boken var slut satt jag kvar en stund i mörkret, med min dotters huvud tungt mot min axel och min sons lilla hand i min. Jag kände hur deras närhet fyllde mig med ett lugn jag sällan upplevde någon annanstans. De var mitt allt. Och när jag satt där, började tankarna vandra – vilket liv ville jag ge dem? Vad ville jag att de skulle lära sig av mig? Jag visste att jag inte längre ville att de skulle se mig trött och fast i ett arbete som tärde på mig.

I det svaga nattljuset lade jag mig till rätta, kysste dem varsamt på pannan, och kände något bestämt vakna inom mig. Jag skulle ge dem ett exempel på styrka, ett liv där jag följde mina drömmar och visade dem vad mod verkligen innebar.

2004-12-30
Prag, Tjeckien

När vi landade i Prag kändes luften plötsligt lättare att andas. Det var som om vi för första gången på länge kunde ta ett djupt andetag utan att känna tyngden av allt vi gått igenom. Vi var på väg hem. Hem till vårt trygga, lugna Sverige. Även om vi skulle behöva övernatta en natt i Prag innan vi kunde flyga vidare, kändes det som en formalitet – ett sista steg innan vi kunde släppa taget om allt och återvända till säkerheten.

Men när vi steg ut ur ankomsthallen möttes vi av något helt oväntat. Kameror smattrade och mikrofoner trycktes plötsligt upp i ansiktet på oss. Journalisterna stod där i en samlad flock och ropade frågor på tjeckiska, ivriga att fånga en historia om tsunamin direkt från överlevande. Mamma, med sin trötta kropp och själsliga tyngd, knuffade resolut undan journalisterna och tog mig och Olof under varsin arm. Vi halvsprang därifrån, genom flygplatsens myller, desperata efter att få lite lugn.

När vi äntligen lyckats komma bort från den påstridiga journalistkåren möttes vi istället av en grupp människor som såg lugnare och mer vänliga ut. De delade ut lappar om psykologisk hjälp, men eftersom de var på tjeckiska förstod vi först inte vad som stod. När de hörde att vi inte var därifrån, förklarade de lugnt på engelska att vi skulle få hjälp av psykologer när vi kom hem, för att bearbeta allt vi hade varit med om. Det kändes som ett löfte om att någon skulle ta hand om oss, men det var också en påminnelse om att det vi upplevt inte var över bara för att vi nu befann oss på fast mark.

När vi äntligen kom ifrån flygplatsen och vidare till samma slitna hotell vi bott på när vi rest till Sri Lanka – en evighet sedan, kändes det som – kunde vi andas ut för första gången på riktigt. Det var märkligt hur en plats som bara varit en mellanlandning på väg mot ett äventyr nu kändes som en plats för tillfällig trygghet.

Uppe på hotellrummet bestämde jag mig för att ta en dusch. När jag tog av mig tröjan märkte mamma något och utbrast: "Men kära barn! Hur ser du ut?" Först förstod jag ingenting, men sedan började hon snurra mig runt för att granska min kropp. Jag hade flera stora blåmärken runt armarna, längs revbenen, på ryggen och på låren – något jag inte ens hade märkt tidigare. "Hur ser ni andra ut?" ropade mamma och började granska pappa och Olof också. Det visade sig att Olof hade fullt med skärsår på fötterna och vi alla var täckta i blåmärken som ingen hade lagt märke till förrän nu. Vi var i chock över att våra kroppar hade tagit stryk utan att vi ens märkt det. Men trots allt var vi otroligt tacksamma. Vi levde. Och det värsta vi hade ådragit oss var skärsår och blåmärken – något som nästan kändes otroligt efter allt vi varit med om.

Efter min dusch klev jag ut och såg att pappa hade startat TV:n. Hela familjen satt tysta, fastklistrade framför skärmen. Det var första gången vi verkligen började förstå vidden av katastrofen. Vi hade levt i vår egen bubbla av överlevnad, men nu såg vi de hårda fakta som kablades ut världen över: tusentals döda, förstörda samhällen, människor som saknades och områden som fullkomligt slagits i spillror. Siffrorna rullade och dödstalen ökade timme för timme.

Indonesien: Avstånd från epicentret: Nära epicentret, särskilt i Aceh. Dödsfall: Ca 170,000 till 220,000.

Sri Lanka: Avstånd från epicentret: Ca 1,500 till 1,600 kilometer. Dödsfall: Ca 35,000.

Indien: Avstånd från epicentret: Ca 1,500 till 2,000 kilometer till sydöstra kusterna. Dödsfall: Ca 18,000.

Thailand: Avstånd från epicentret: Ca 500 till 800 kilometer. Dödsfall: Ca 8,000.

Maldiverna: Avstånd från epicentret: Ca 2,500 kilometer. Dödsfall: 82.

Somalia: Avstånd från epicentret: Ca 4,500 till 5,000 kilometer. Dödsfall: Ca 289.

Det var skrämmande att se dessa siffror, att förstå att så många människor hade förlorat sina liv. Vi var bland de lyckligt lottade. När vi landade i Prag och gick genom flygplatsen hade vi trott att resan mot hemmet var det sista steget. Men nu, när vi satt där på hotellet och såg bilderna på TV, insåg vi att det vi hade varit med om var större än vi kunde förstå.

Vi satt klistrade framför tv:n hela kvällen, växlande mellan BBC och CNN, försökte vi förstå det som hade hänt. Nyhetskanalerna visade gång på gång bilder av förödelsen längs stränderna i Asien, men det var intervjun med en forskare på CNN som fick oss att verkligen börja förstå tsunamins ofattbara krafter. Forskaren, en äldre man i vit skjorta och med tydliga, lite långsamma rörelser, pratade lugnt men intensivt medan han visade bilder och diagram för att förklara vad som hade skett.

"En tsunami," förklarade han och pekade på ett diagram med röda pilar, "är inte en vanlig våg som drivs av vinden. Den uppstår när stora mängder vatten förflyttas plötsligt, ofta efter en undervattensjordbävning eller vulkanutbrott." Han pausade, och bilden visade två stora jordplattor som trycktes mot varandra under havsytan. "När de här plattorna – som i fallet med Indiska oceanens jordbävning – trycks ihop, rör sig vattnet ovanför plötsligt och kraftfullt. I detta fallet pratar vi om flera miljarder ton havsvatten som förflyttades uppåt och ut från epicentrum i framförallt öst-västlig riktning"

"Detta är en av de kraftigaste jordbävningar som någonsin har uppmätts" fortsatte forskaren. "Dess styrka uppnådde 9,3 på momentmagnitudskalan. Denna jordbävning frigjorde en otrolig energi som spreds genom jorden och som beräknas motsvara 9 560 gigaton trotyl, eller 550 miljoner Hiroshimabomber. Denna jordbävning har påverkat hela jordklotet." fortsatte forskaren.

Jag förstod inte riktigt vad han menade, men insåg att det innebar en otrolig kraft. Det kändes som om han beskrev världens undergång.

Forskarens illustration visade hur den enorma jordbävningen hade skapat vågor som skickades ut i alla riktningar. Vi följde förskräckt grafiken som visade hur de höga vågorna slog in obehindrat över Indonesiens kust. Förödelsen var så total där – vågen hade i princip krossat allt i sin väg.

Med en röst full av respekt för naturens krafter berättade han hur vågorna färdats över hela oceanen, och hur den energi som lagrats genom skalvet hade påverkat länder på tusentals kilometers avstånd från epicentrum.

"Skalvet kändes över nästan hela Sydostasien och utlöste mindre jordbävningar så långt bort som Alaska. Några öar utanför Sumatras kust verkar ha förflyttats upp till 20 meter. Till och med jordklotets rotation och form beräknas ha påverkats en aning." förklarade forskaren.

Förstummade satt vi kvar och tittade på de dramatiska bilderna. Jag hade svårt att riktigt förstå hur enorma krafter som hade varit i rörelse. Vi hade överlevt. Men vi var långt ifrån ensamma i vår kamp. Vi satt tysta, djupt påverkade av allt vi just lärt oss. Vi saknade ord.

TJUGOTVÅ

Dagen efter vaknade jag med ett nytt perspektiv. Vi hade fattat ett beslut, ett beslut om att klara detta tillsammans. Det var som om den tyngd jag burit så länge hade lättat. Jag satt vid köksbordet med en kopp kaffe i handen och kände hur nya tankar, nya möjligheter, började ta form.

För första gången på länge hade jag alla dörrar öppna framför mig. Tankarna formades snabbt till idéer – jag kunde starta mitt eget konsultföretag. Jag hade erfarenheten, kunskapen och viljan. Jag visste att jag kunde skapa något meningsfullt, något som speglade mina egna värderingar, där jag kunde bidra utan att behöva kompromissa med min eller någon annans integritet.

Nästa tanke smög sig in, något jag drömt om länge: att utveckla en webbshop. Jag skulle kunna kombinera den med min konsultverksamhet och erbjuda verktyg och kurser, särskilt för personer som ville vara med och bygga upp en verksamhet som alla kunde dra nytta av. Bara tanken på det fick mitt hjärta att slå snabbare. Det här var något som tidigare känts omöjligt, något som jag aldrig tidigare riktigt vågat tänka klart. Men nu var jag fri att pröva, fri att bygga och driva något som bygger på mina egna värderingar.

Och så, som en naturlig fortsättning, dök ännu en idé upp: att börja coacha startups. Jag ville hjälpa andra i början av sina drömmar, människor med visioner men utan rätt stöd. Att kunna vara en mentor och vägledare kändes otroligt meningsfullt. Att ge andra chansen att växa, stötta dem i att bygga upp sina idéer – det här var något jag brann för.

Men det som kändes allra viktigast, det som gick rakt in i mitt hjärta, var tanken på att skriva ned min egen historia. Allt jag gått igenom, allt jag tryckt undan, behövde få komma fram. Jag tänkte på tiden på Sri Lanka, på tsunamin och på hur jag burit med mig de minnena som en tung last i så många år. Att skriva skulle inte bara bli ett sätt att bearbeta allt jag varit med om – det skulle bli mitt eget sätt att förstå, att hitta läkning. Jag skulle berätta min sanning, precis som jag mindes den, och låta orden bli en del av läkningsprocessen.

Förväntan bubblade inom mig. Kanske hade jag levt med skygglappar, inlåst i en värld som var för liten för mina idéer och ambitioner. Men nu... nu var allt möjligt. Men jag brottades fortfarande med ett problem. Skulle jag ha mod nog att åka tillbaka?

2004-12-31
Landvetter, Sverige

Vi sov knappt en blund den natten heller. Alla blåmärken som jag tidigare inte ens märkt började plötsligt ömma, och tankarna spann utan uppehåll. Hur kunde något så hemskt hända? Jag hade aldrig varit direkt troende, men en sak var säker: om det fanns en Gud så kunde han knappast vara god. Bilderna av förvridna ansikten och trasiga kroppar spelades upp gång på gång i mitt inre, som en dålig film som vägrade sluta. Jag kastades mellan lättnad över att vi hade överlevt och skuld över att vi bara hade kunnat lämna allt och åka hem.

Tidigt på morgonen den 31 december skulle vi flyga vidare hem till Sverige, till Landvetter. Vi gick ombord på ett litet propellerplan tillsammans med tjugo andra resenärer från olika delar av världen.

Vi satt tysta hela resan, men när vi närmade oss Göteborg och Landvetter började planet kränga oroväckande. Piloten rapporterade om att vinden hade tilltagit och att det skulle bli en skumpig landning. Och det kan man lugnt säga – jag har aldrig varit flygrädd, men där och då kom skräcken över mig. Hela planet ryckte till kraftigt, och en matvagn lossnade från sin plats och flög in i väggen. Flygvärdinnan skrek och började gråta. Det var som om allas nerver låg utanpå huden. Kanske hade även hon upplevt saker de senaste dygnen som gjort henne instabil, eller så var det jag som upplevde allt som farligare än det egentligen var.

När vi till slut landade insåg jag att jag hållit andan hela tiden. Jag pustade ut, men den lugnande känslan infann sig inte riktigt. När vi hämtat vårt bagage och var på väg ut ur ankomstsalen blev vi spända igen. Jag började andas häftigt och gjorde mig redo för att möta journalister och smattrande kameror. Den här gången skulle frågorna vara på svenska. Mamma tog mig i handen. Hon tänkte samma sak. Vi tog ett djupt andetag och gick ut. Jag blundade, beredd på att kasta mig igenom folkmassan.

Men när jag öppnade ögonen såg jag inga journalister. Inga kameror. Istället stod han där, min farfar, lugnet själv. Och jösses vad glad jag var att det var han som kommit för att hämta oss. Han sa ingenting, bara kramade oss länge och väl innan han med sin trygga stämma sa: "Nu åker vi hem."

Vi packade in oss i bilen och körde iväg. Vi åkte i tysthet tills mamma bröt den med en bekymrad röst. "Vi måste till vårdcentralen och se över Olofs fötter. Han har fått skärsår, och det kan bli infekterat."

När vi parkerade utanför vårdcentralen satt vi andra kvar i bilen och väntade medan Olof blev omplåstrad. Det kändes som en evighet innan de kom tillbaka, men tillslut rullade vi vidare, hem till farmor, som väntade med mat. Hemma hos farmor och farfar fanns äntligen den där tryggheten vi hade längtat efter.

När vi kom hem ringde telefonen. Det var min bästa vän. "Herregud! Jag hörde att du kommit hem, att det var en våg eller nåt. Tur att ni inte var i Thailand, för där är det tydligen förjävligt. Jag hämtar dig när du har ätit klart så sticker vi på nyårsfest!"

Nyårsfest? Det var nyårsafton. Jag hade inte ens reflekterat över vilken dag det var. Jag tittade på mamma, som nickade mot mig. "Gå ut och ha lite roligt du, vi kan prata imorgon. Jag ska gå och lägga mig."

Jag bytte om och stack iväg. Hemma hos en av mina vänner var festen i full gång när jag kom dit. Ingen vågade riktigt fråga mig vad som hänt, så alla pratade lite halvnervöst om ditt och datt. Men efter några öl bröt en av mina skolkamrater tystnaden. "Vad hände egentligen? Såg du många döda eller?"

Hans fråga var både okänslig och rakt på sak, men det var nog precis vad som behövdes för att bryta den konstlade stämningen. Alla hade försökt undvika det som låg och gnagde i bakhuvudet på dem. Jag berättade i korta drag om vad som hänt, men utelämnade mycket. Jag ville inte återuppleva allt just där och då.

Klockan slog tolv, och vi gick ut för att tända fyrverkerierna. En av raketerna välte och träffade mig rakt i magen. Jag snubblade baklänges och föll baklänges, men jag skadade mig inte. Raketen flög vidare och small av under en bil. Kort därefter blev jag upplyft på fötterna igen av en av mina vänner som utbrast: "Om du överlevt en tsunami, så ska du väl inte dö nu!"

Jag började skratta, en sådan befriande känsla sköljde över mig. "Nej, jag är odödlig" svarade jag och tog några djupa klunkar ur champagneflaskan som någon räckte mig. Jag lät mig svepas med i festens ljumma dimma, omfamnad av fyllans bedövande effekter.

TJUGOTRE

Jag hade undvikit detta ögonblick i tjugo år. Det var alltid för många anledningar att inte komma tillbaka. För mycket som stod i vägen. Men nu, när jag stod vid templet, insvept i den varma, fuktiga luften, var det inget som kunde hindra mig längre. Jag hade kämpat för att överleva, för att bearbeta, för att gå vidare. Och nu, var jag tillbaka.

Templet ligger bara ett stenkast från busshållplatsen där vi stod den dagen, när allt förändrades. Minnena sveper in – hur vi satt hopklämda på bussen, hur paniken började sprida sig, som en våg lika mäktig som den som snart skulle slå in. Det var från just den där platsen som vi kämpade för våra liv.

Med långsamma steg går jag uppför trapporna, ett steg i taget. Hjärtat slår hårt, varje steg känns laddat med allt jag burit. Rökelsen hänger i luften och munkarnas sånger ekar dovt, påminnande om något större än livet självt. Jag stannar vid entrén och tar av mig skorna, som en självklar ritual.

Där inne, omsluten av templets stillhet och dofter, sätter jag mig på knä framför altaret. Mina händer skakar när jag för samman dem i en tyst bön. Vad är det jag ber om egentligen? Förlåtelse? Frid? Eller kanske bara en stunds stillhet efter alla år av känslomässig storm?

När jag sitter där börjar något mjukt, nästan varmt, sprida sig genom kroppen. Jag har överlevt. Jag har tagit mig hit igen, och nu – starkare än någonsin. Sakta reser jag mig och torkar bort en ensam tår. Så många tårar jag fällt över detta ställe genom åren. Vad gör väl en till? Jag blickar ut över templets omgivningar. Solen lyser högt på himlen, kastar ett gyllene sken över trädgården, och platsen omges av ett vackert lugn.

Men resan är inte över. Jag har en sista uppgift. Ett sista möte. Med ett djupt andetag och ett lättare hjärta vänder jag mig om och går ner för templets trappor. Vägen till Sumudu och hennes döttrar känns som en naturlig fortsättning på resan. Det är dags att återse dem, tacka dem, och skapa nya minnen – inte för att ersätta de gamla, utan för att hedra dem.

EPILOG

Tsunamin den 26 december 2004 svepte in över Matara på Sri Lankas sydkust runt klockan 9:10 på morgonen. Först kom en våg som vällde in längs kusten, men bara tio minuter senare slog en andra, betydligt större våg till. Den slog skoningslöst mot staden och lämnade total förödelse efter sig. Jag minns hur marken skakade och hela världen verkade falla isär, men det var först senare som vi förstod omfattningen av den kraft som hade drabbat oss.

Värst drabbades öns södra och östra kuster. Upp till 12 meter höga vågor krossade allt som kom i vägen och de trängde upp till 2 km in i landet. Den officiella dödssiffran anges i dag till ca 35 000. Vissa beräkningar anger totala dödssiffran (bekräftat döda och saknade) till nästan 39 000. 1 700 dog när ett tåg på en bro/fördämning sköljdes ner i vattnet och resulterade i den värsta tågolyckan någonsin i världen.

Sri Lankas regering satte in 20 000 soldater i räddningsarbetet och för att förhindra plundring. De materiella skadorna var enorma och man räknade med ca 1 miljon hemlösa.

Förutom den direkta förödelsen förde tsunamin också med sig tonvis av sand och slam som täckte marken, förstörde grödor och täckte vägar och hus. Saltvattnet trängde djupt in i brunnar och bevattningssystem, vilket gjorde att sötvatten snabbt blev en bristvara. Många samhällen längs kusten står än idag inför stora utmaningar när de försöker återställa sina jordbruksmarker, där saltavlagringar fortfarande gör det svårt att odla något.

Landet, som redan hade kämpat med det långvariga inbördeskriget mellan den singalesiska majoriteten och tamilska minoriteten, hamnade nu i en ny, gemensam kris. Katastrofen skapade tillfälliga band mellan de olika samhällena, men den ledde också till nya konflikter om var hjälpen skulle riktas och hur den skulle fördelas. I de områden som kontrollerades av LTTE – Tamilska tigrarna – uppstod spänningar när biståndsorganisationer försökte nå ut till de drabbade, och LTTE försökte kontrollera vilken hjälp som kom in.

Samtidigt pågick räddningsarbetet, både från den lankesiska regeringen och från omvärlden. Indiska militärhelikoptrar fraktade skadade ut till militära fartyg som befann sig längs med kusten. Internationella insatser fyllde hamnarna med skepp lastade med förnödenheter och medicin. Under de första dagarna präglades situationen av kaos och desperation, men en långsam återhämtning började ta form, även om den aldrig kunde ersätta de liv som gått förlorade.

Sri Lanka drabbades hårt, men så var det även för andra länder runt Indiska oceanen. Hårdast drabbat var Indonesien som låg i direkt anslutning till epicentrum och påverkades både av tsunamivågorna men också av själva jordbävningen. Här talar man om cirka 230 000 omkomna eller saknade och enorma materiella skador.

Jag har ofta reflekterat över hur orättvist det känns att ha upplevt något så förödande och sedan bara kunna lämna det bakom sig. Medan vi fick förmånen att återvända till tryggheten i Sverige var så många andra fast i en sönderslagen verklighet. Jag känner skuld mot dem som var kvar och mot alla de familjer som förlorade sina nära och kära.

Men den känslan av skuld bärs kanske bäst med vetskapen att berättelser som dessa måste delas, för att påminna om de liv som förlorades och det mod och den mänsklighet som väcktes i katastrofens skugga.

Jag kommer alltid att bära med mig en del av Sri Lanka, en del som är både ljus och mörk. Det är en påminnelse om naturens kraft, om vad som egentligen betyder något, och om livets skörhet.

Tack!

Att skriva denna bok har varit en resa i sig, och jag hade inte klarat det utan stödet från alla underbara människor jag har omkring mig.

Ett stort tack till Åsa och Helena, som med noggranna ögon och klokhet har korrekturläst och hjälpt mig att få texten att lyfta.

Tack till mina föräldrar, som med sina värdefulla instick och minnen bidragit med detaljer som gjorde historien än mer rikare och mer levande. Och till min bror – tack för att du alltid funnits där, din närvaro och ditt stöd betyder allt.

Ett särskilt tack till min man, som outtröttligt stöttar alla mina påhitt och idéer. Du är min klippa i allt jag gör. Och till mina underbara barn – ni ger mig styrkan att våga, att tro på mig själv och att aldrig ge upp.

Denna bok hade inte varit möjlig utan er. Tack från djupet av mitt hjärta.